敬斋

当代古典体诗词丛刊

茅于美词集（下）

樸初署

茅于美 著

岳麓書社·长沙

海贝词续集

续集小序

这本词稿收集了我晚年的词作（间附诗）40余阕（首）。这是继一九八五年九月湖南人民出版社的《茅于美词集》以后的作品。自一九三七年我17岁开始学填词，距今已整整60年。湖南版本汇集了我从少年步入中年以后的作品。如今，又过去13年。自改革开放以来，我心情愉悦，于词作上风格与前期有所不同，格调趋于高昂，在内容表达与形式选择上较前完善。所以我设想如果能把这部分词作连同以前出版的编纂在一起，会使读者对我在这个时代中的大半生钩描出一个大致轮廓。

然而在当前市场经济体制的主导下，百舸争流，诗词小道的问世，难以提到日程上来，故一直置之抽屉中，未敢唐突向出版界问津。

一九九七年三月，因参加母校浙江大学百年校庆，自北京赴杭州。又应海宁市档案局之约，携过去零散的诗文手稿随夫婿徐璇君去他的海宁家乡存档。我在档案局与领导和同志们便谈中提到词稿续集的出版问题。没有想到档案局领导同志热心支持，提出可将此词稿40余首先用电脑排印成册，分赠友好及有关单位。此举虽非正式出版，但能流传于爱好此道者之间，于愿亦足矣。于此我对海宁档案局深致谢意。

海宁王国维在《人间词话》中曾论及词的『隔』与『不隔』的境界，认为诗词作品之『妙处唯在不隔』。他说：『语语都在目前，便是不隔。』我写作诗词，不喜用典故或雕饰词汇，要其纯出于自然，力求不隔。英国诗人济慈曾说过：『如果写诗不像绿叶之萌生枝上，以不写为宜。』另一位英国诗人华兹华斯也说：『一切好诗都是强烈情感的自然流露。』在语言方面，他强调要『采用人们常用的语言』，『丢开许多历来认为是诗人们应该继承的词句和词藻』（《抒情歌谣集》）。中西诗人这样简易明白的论点正与我写作的准则不谋而合。我在我的词作中力求贯彻这样的精神。

有人也许会说按谱填词是戴着脚镣跳舞，拘束而不自在。是的，然而试想世物各异，人情百态，表现虽然不同，但其内里，哪一样没有规律呢？春花秋实，各臻其妙，都是顺应严格的大自然法则的。既然万物都受制于大自然的规律，那么诗人怎能不按照诗的规律写作呢。所以我是主张写格律诗的。当然，格律并不限于古典诗词，诗人可以凭自己的喜爱选择合乎表达他的强烈感情的诗，但是格律必须遵守。当然格律也有外在的，即可见的格律，也有内在的，即隐形的格律。关于格律的复杂理论，是个学术问题，这里不详说了。

我之喜欢利用词这个诗体，老实说是图省事。为什么？因为词体有现成的格律可以遵循。前人创作词调，并非率尔为之，而是千磨百练，在语言、音韵、音乐、表达方法等方面精心研究而成。万红友的《词律》包括660个词调，每调有变体，共1180体，还不算以后陆续增补的。如此洋洋大观，试问还有什么思想感情不能填嵌进去呢。一般来说，古今词人填词，似乎那本通俗的《白香词谱》中的百种词牌也足够他们驰骋于其间了。从心所欲不逾矩。苏东坡的《念奴娇》（大江东去），韦庄的《菩萨蛮》（红楼别夜堪惆怅），李清照的《如梦令》（昨夜雨疏风骤）这些名家善选的词牌词韵，无论长调、小令，使个人的思想感情，或激昂慷慨，或悱恻缠绵，或感时伤春，都能与词的严峻格律融合无间，内容与形式高度谐和，达到珠联璧合，炉火纯青的境界。纵使戴着脚镣，人们但见其舞姿之美妙绝伦，脚镣隐而不见了，能不令人叹为观止吗？

词作按编年史顺序编排，附诗不另编。

是为序。

茅于美

一九九七年五月

附注：我在以前出版的词集包括两部分。第一部分为《夜珠词》，收集了一九三七年至一九四五年间的词作；第二部分为《海贝词》，收集了一九四五年至一九八四年间所作。这里的续集则是从一九八四年至一九九七年间所作，仍属于《海贝词》。余自一九三七年始学填词，时序匆匆，于今整60年，古人云60年为一个『甲子』，大生日也。今年能在海宁付印，真乃因缘巧合，盖天意乎？

瑞鹧鸪

一九七九年，浩劫初过，得重操旧业。常去北京图书馆。一日，偶查资料，于其目录柜中，见故人译著书目卡片多种。惊喜之余，又感个人碌碌半生，愧而赋此。

欣闻译著等身齐，濡沫当年愿不违。卅载飘零音问绝，一灯吟味夜眠迟。诗文濩落亦成集[①]，温室芳菲恰满枝。只恐因循强弩末，难从余烬觅光辉。

一九七九年旧作。

注：

①濩落：同『廓落』，意思是大而无当。此处是说不合时宜的诗文也编成集子了。杜甫『居然成濩落，白首甘契阔』（《咏怀五百字》）。

玉楼春

难寻最是君踪迹，怅望蓝天常戚戚。春来
秋去岂无痕，箧底吟边存点滴。缘悭
惟有人间客，动若参商瀛海隔。诗魂飘渺
更何依，雪地茫茫寒月白。

一九八五年一月五日，北京归来堂旧作。

蝶恋花

一九八五年七月，于北京紫竹院观荷。时余在中国人民大学授课，殊繁忙。每至此园，辄赏其翠竹千株，红莲白莲数顷。此园风物富江南韵味，在北方园林中独树一格。徘徊其间，俗虑尽消，词以志其趣。

一霎相亲湖水侧，形神劳倦全消却。
我爱荷花殊有癖。夏日炎炎，岁岁殷勤觅。
红白参差多丽色，嫣然凝睇亭亭立。
杨柳堤边真小歇。坐对田田，莲叶迎人碧。

蝶恋花

写晚景佳胜，不减盛年。自然有规律，四季各擅风光。红烛春蚕，奉献终生。人到老年，亦应如是。

忍把余年轻过却。已自无多，莫再愁边着。
红烛夜烧光灼烁，春蚕细吐丝柔袅。
小立凭栏楼一角。云海斜晖，似锦悬天幕。
绿叶成阴花自落，枝头鲜果方盈握。

一九八五年七月二十五日。

鹧鸪天

余多年积稿『中西诗歌的比较研究』将出书，感赋。

积稿成书感百端，冬寒岁晚夕阳妍。虚名灼灼缘何益，温室融融恰自宽。心上事，却纷繁。案头著译几增删。年光有限思无限，日守芸窗未得闲。

一九八六年一月二十二日。

注：

①一月七日，余不慎摔倒，右腕骨折，以左手作书，养伤期间作。

鹧鸪天

丙寅年岁暮，京华遇旧，感而赋此。

岁晚逢君感不胜，众中风貌独峥嵘。欢谈浑忘长年隔，述志同怀旧日盟。天上月，几亏盈。浓云散尽两峰青。山巅景物闲中好，共坐枫亭赏晚晴。

一九八六年十二月。

浣溪沙

余四妹于燕在中国科学院心理研究所任研究员。年来为弱智儿童创办『北京新运弱智儿童养育院』，卓有成绩。余曾于一九七七年写《浣溪沙》两首，以慰勉之。十年来她艰苦创业，事迹感人，海内外报刊竞相报导。余深感欣慰。今续成《浣溪沙》一首，连前所作两首，可作为组诗读之。

一片童心增爱心，十年救苦忘家身。关怀
情谊胜天伦。　弱智娇儿承教诲，欣逢
新运指迷津。谁知创业此艰辛。

一九八七年四月十六日。

满庭霜

一九八七年九月二十六日为钱塘江大桥通车五十周年。浙江省政府主持在杭州召开纪念会，父亲应邀自北京赴会，余与妹等随侍同行。父亲已九十一岁矣，造此桥时正值壮年，今幸精神尚健。此行与会之旧日钱塘江桥工程处老人有许宏儒、李洙、李伯宁、王同熙、余权、冯寅、朱纪良等。重上大桥，不胜今昔之思。钱塘江二桥已在四堡开工，将于一九九〇年完工通车。赋此留念。

五十年来，一桥飞架，隆隆车速声喧。高悬灯彩，光耀好山川。回忆工程乍就，遭战乱，历尽辛酸①。堪欣慰，沧桑迭变，幸各保平安。　钱塘寻旧迹，六和塔畔，共话当年。听江潮奔涌，后浪推前。逝水滔滔难驻，流光换，绿鬓朱颜。新桥起，云开岸阔，点点认归帆。

一九八七年十月，北京。

注：

①一九三七年九月二十六日，大桥下层铁路先行开通，十一月十七日，上层公路开通。十二月二十三日，杭州沦陷，为防敌人利用，

于当日由我方自动炸桥。一九四六年九月重新修复，终于了却父亲《别钱塘》诗中的『不复原桥不丈夫』中的誓言。

浣溪沙

丁卯除夕，戊辰岁始，戏赠璇兄。

午夜钟声警万家，高空焰火爆银花。儿童笑语正喧哗。
马齿徒增情味灭，金杯劝饮酒频加。惯于此际惜年华。

一九八七年除夕。

昼夜乐

长夜枯坐有感。

匆匆了却人间事，看光阴，如弹指。欢欣纵享千端，别有诗心难寄。天上浮云空变幻，应惜取，素怀如水。映月最分明，影移微波里。

奈何此际添忧喜。算平生，能余几？回眸检点征程，耐得频频回味。每自窗前灯案侧，久凝思，意迷神滞。落笔不成书，此情凭谁会。

一九八八年六月十四日。

浣溪沙

一九八八年九月，余在美国圣路易城华盛顿大学英文系讲学。该校原为余在一九四八年毕业之母校。小儿安泰时在普渡大学攻读核子工程学系之博士学位。他特驾车来圣路易城小聚，并同访该城之浸礼会教堂。余与璇兄于一九四八年五月八日在该教堂举行婚礼。回首已整整四十年矣。该教堂已关闭不用，荒草没阶，然建筑一如往日，到此，真如吕伯大梦一场。

安泰驱车认故居①，教堂荒草与阶齐。相偕重访鬓如丝。　普渡团圆来寄寓，校园走读又攻书。年华到此亦称奇。

注：

①故居在圣路易城内。此词内涉及三个地方：故居与教堂均在圣路易城，普渡大学在印第安纳州之拉法耶城。一九八九年初写于印第安纳州，时余在普渡大学英文系讲学，寄寓于拉法耶城该校校园内之宿舍。安泰于一九八二年离家赴美读书，起先在首府华盛顿城之乔治城大学，后转来普渡大学，于一九九〇年获得博士学位。

鹧鸪天

一九八九年七月十日，余自美国讲学事毕，与璇兄自旧金山启程返国。长女依协，小儿安泰于旧金山机场送别。于今已两个月矣。赋诗遥寄，以代书简。时依协家居加州，安泰在普渡大学学习。

万里归来亦壮游，倥偬暑尽又初秋。喜看孙辈亭亭长，坐觉年华黯黯收。思漫漫，路悠悠。长房缩地怅无由①。团圆难续天伦乐，凝望蓝天自倚楼。

一九八九年九月，北京归来堂。

注：

①长房：即费长房，东汉方士。传说他有缩地之术，能于瞬息之间使千里外人与之晤面相聚。

瑞鹧鸪

一九九〇年三月，余与璇兄自京赴福建。车经杭州，见钱塘江大桥巍然屹立于暮霭之中。回首前尘，怆然有作。

奔驰忽已到杭州，猛忆随行秋日游①。塔影依稀藏暮霭，桥身巍峙跨江头。

迷离往事浮泛起，拍岸惊涛呜咽流。物是人非春纵好，何心驻足此淹留。

注：

①一九八七年九月二十六日为钱塘江大桥建成五十周年。杭州举行

纪念会。父亲茅以升应邀前往。余亦随行。同年十月，父亲因小恙住北京医院，竟卧病不起，于一九八九年十一月十二日逝世。今故地重经，伤何如之。又父亲自杭州返京，归途曾过镇江，谒我祖父母之墓。墓在镇江市西北郊之蒋乔乡嶂山。

瑞鹧鸪

书赠福建厦门大学故友应锦襄、吴秋滨及何启拔与周松琪夫妇，记胜地同游之乐。厦门大学背山临海，景色绝佳。

登山观海饶奇趣，厦大校园景占多。已喜木棉花艳发，更惊榕树影嵯峨。捐资兴学尊儒教①，御敌保疆扬海波②。民族英灵钟此地，与君瞻仰共讴歌。

一九九〇年四月。

注：

①指陈嘉庚先生。

②指郑成功等人。

鹊桥仙

一九九〇年九月，第十一届亚洲运动会期间，适逢国庆与中秋佳节。余与次女娅平携外孙乔乔上街观赏。乔乔甫两岁零八个月，其父王建平已赴美学习两年矣。书此示娅平与乔乔。

鲜花座座，熊猫盼盼①，装点京华街道。

金牌璀璨振中华，赛场上、龙腾虎跃。

乔乔娇小，偎人怀抱，学语承欢乖巧。

明年佳节庆团圆，祝海岸、鹊桥架早。

一九九〇年十月三日，中秋节。

注：

①『盼盼』为亚运会之吉祥物。娅平已于一九九一年九月携乔乔赴美国探亲。

虞美人

一九九一年三月，余应邀赴洛阳外国语学院为研究生讲授英国诗歌课程。于是退休之后，重执教鞭作冯妇焉。时值初春，所居楼前，花木扶疏，绿阴覆地。闲步阶前，顿生迟暮之思。来日既苦无多，去者益不可追。徘徊惆怅，书此寄感。

暖风熏得微微醉，人在春光里。楼前翠竹两三枝，别有玉兰含笑柳垂丝①。何来对景生惆怅，独立花阶上。无多岁月况倥偬，去日迢迢如梦了无踪。

一九九一年四月于洛阳外国语学院。

注：

①玉兰、含笑皆种于小圃。

鹧鸪天

欣闻四川大学将于一九九二年十月十五日召开缪钺（彦威）尊师九十寿辰暨从教七十周年庆祝会。谨献小词，恭贺寿诞。

五十年前拜讲筵，黔山苦忆读书天。幽兰着露花争发①，嘉树留巢鸟竞还。逢盛会，喜薪传。芜词恭祝寿绵绵。任随世事沧桑变，著说昭垂天地间。

一九九二年十月。

注：

①在遵义浙江大学时，彦师曾有『滋兰未必花能发，访旧其如燕已飞』之句。此处故云云。川大此会，众校友济济一堂，如众鸟归巢，盛事也。

金缕曲

一九九二年十月，与璇兄南下至其故乡海宁。途过杭州，逗留三日，因得重游西湖，再上钱塘江大桥。念先父在杭修建此桥时，余方在杭州省立女中（今十四中）初中就读。年华逝水，师友半凋零。旧地重游，怅触何如。杭州，余之第二故乡也。此词写时，落笔自然，似有神助。

怪底相思久。待重来、苏堤漫步，桂香盈袖。为爱斜晖湖边立，秋水微波明秀。但苦忆、年华豆蔻。诗意文心浑难说，尽留连暮霭沉沉透。伤去日，怀师友。江山胜景容吟就。遍天涯、牵情最是，钱塘烟柳①。塔影桥身还如昔，过往人车依旧。魂梦里、相依相守。眷恋片时匆匆别，便余生能此消磨否。凝睇处，频挥手。

一九九二年十月二十二日，北京。

注：

①余足迹所至，国内地方不算，国外去过十三个国家，为美国、加拿大、越南、泰国、马来西亚、新加坡、日本、希腊、意大利、法

国、英国、德国、瑞士等，但内心所怀念处，仍是杭州，故这里如此说。

踏莎行

四小囡赞（四首）。

一九九三年秋十月至次年十月，余与璇兄赴美国探亲，为余之第四次赴美矣。时长女徐依协家居纽约州之尼斯卡郁纳城内，有女儿名范安美。二女徐娅平，其儿子名王思乔。三儿徐安泰，育有二女名徐维安及徐立安。此两家皆旅居加利福尼亚州。余戏作打油词以状诸孙之形貌及情性，姑题为『四小囡赞』。闲来捉笔，略记其趣。阅古人诗词，鲜有描述婴幼儿者，此聊备一格耳。

一　王思乔六岁半①

两岁诵诗，牙牙学语。三龄随母依亲去。

他乡风物倍新鲜，幼儿园地同游戏。

知识渐开，尽情汲取。沉迷电脑无朝夕。

相偕小友乐陶陶，浑忘家是天涯旅。

二　范安美六岁②

承继双亲，中西兼美。盈盈眸子如秋水。

生来性格显刚强，种花铲雪称伶俐。

多彩星空，神奇大地。书中故事牢牢记。

出游足力不知疲，归来述说多新意。

三　徐维安廿个月[3]

似雪肌肤，晶莹眸子。樱唇一点添娇媚。
天生活脱美人胎，牙牙学语声清脆。
忽笑忽啼，难猜其意。翩跹舞态谁能比。
追奔滚跌不须扶，拂衣凝立翻身起。

四　徐立安甫两个月

迎汝初生，航程千里[4]。他乡团聚添欢喜。
细看娇女两枝花，爷娘何惜劳和累。
笑靥如花，双眸微闭。昼长喂饱甜甜睡。
哼哼唧唧教人怜，醒来对语饶滋味。

一九九四年七月十八日，记于美国加州圣荷西城安庐⑤。

注：

①思乔生于一九八七年十二月二十六日，北京东城家中，于一九九一年赴美国。

②范安美生于一九八八年六月十二日，美国加利福尼亚州。其父为美国人，天文物理学家，名范达宁（译名）。现居纽约州。

③徐维安生于一九九二年十月二十一日，美国加州，洛杉矶。

④余与璇兄于一九九四年四月二十三日自纽约州尼城长女依协处飞来加州小儿安泰处。其次女立安于五月九日出生于圣荷西医院，故云迎汝初生也。余与璇兄于十月返国，立安已五个多月。

⑤儿子安泰与朱锡安于一九九一年十一月九日在美国加利福尼亚州结婚，安泰于一九九三年六月迁入加州圣荷西新居。儿安泰，媳朱锡安及两女维安和立安，一家四口名字皆带『安』字，余因题其新居为『安庐』，永志平安也。

贺新郎

一九九四年十月底自美返国。岁尾索居，戏作打油词一首，调寄《贺新郎》，遥寄安庐，以代年片，兼贺明年元月2日安泰四十初度双庆。

一片痴心爱。似重温，娇儿幼小，婉娈百态①。回首惊呼光阴促，三十余年飞快。如梦幻，安庐天外。慰我平生翘盼意，学初成，大道从今迈。家业立，莫迟怠。

毛毛恋我颇无奈②。遍楼间，寻寻找找，问人何在。电话传言殊真切，不见慈颜偏怪。只贝贝，离愁不解③。照吃照玩甜甜睡，这边厢，枉把相思害。佳节近，倍难耐④。

一九九四年十二月十四日，北京归来堂。

注：

①婉娈：美好的样子。

②毛毛为安泰长女，学名维安，时甫两岁。我们返国后，她时时寻找。

③贝贝为其次女，名立安，时仅七个月。

④佳节：圣诞节。

菩萨蛮

记退休生活。

无端坠入清虚界，楼台阅遍花开谢。极目倚栏杆，松风吹暮寒。

半生忧与喜，泯灭烟尘里。得失悟前因，恍如隔世人。

一九九五年五月十六日，北京。

踏莎行

四小囡赞续存。

余与璇兄于一九九五年十月底二度赴美探视儿女三家。见到四个孙儿女，皆茁壮成长。此首《踏莎行》为祝贺范安美（长女依协之女，生于一九八八年六月十二日）八岁生日所作。

生小玲珑，明眸秀发，欢愉岁月难描画。
课余随母学中文，东西习俗能融化。
琴调悠扬，频频得奖，清歌漫舞何潇洒。
偎人一霎却温柔，悄悄片纸传情话①。

一九九六年六月十二日作。

注：

①我们初到依协家，晚间入睡时，才发现枕下安美写的欢迎我们到家的『悄悄话』一纸，情感真挚动人。她时年七岁。

点绛唇

敬悼王定学姐并遥慰汪积功学兄。

五十余年，并肩踏遍崎岖路。一抔黄土，往事难追捕。　珍重余生，试算余多许。须怜取，儿孙相聚，莫便伤迟暮。

一九九六年十一月二十三日，北京归来堂。

积功兄追悼定姐并自挽挽联附于此词后：

一生碌碌，历多少风刀霜剑，终得清风明月，永相厮守；

七秩匆匆，经几许离合悲欢，欣获苍山翠谷，长共栖迟。

清词凄婉，于美一九九七年三月录之。

鹧鸪天

一九九六年十一月九日将为小儿安泰与朱锡安女士结缡五周年之喜。余夫妇自一九九三年以来，两度自北京来美国探亲。今深秋返国，未克亲临祝福。临别赋此留念。

燕婉同心力断金，相依异国倍相亲。安庐岁月虽云寄，家业蒸蒸慰我心。千里外，叙天伦。闲庭对坐亦温馨。于兹临别殷勤语，惜福从教福满门。

一九九六年十月二十八日，美国圣荷西安庐。

附录

茅于美诗存

军装戏题[一]

依然绰约旧丰姿，投笔从戎岂梦思。

洗尽铅华跨征马，沙场谁辨是雄雌。

一九三八年写于长沙周南女中。

校记：

[一] 香港广宇版无此诗，湖南人民版有此诗。

月　夜[一]

月夜过中正桥口占，桥在遵义城内。

手贮真珠照水行，严城岁尽地霜莹。
佩环此夜凌波去，不信人间有月明。

校记：

[一] 香港广宇版诗题作《七绝》，湖南人民版改作《月夜》。

飞絮

飞絮无依春水轻，素心惊共岁华更。
丹花万里江南路，暗与浮萍惜一生。

一九四〇年于遵义浙江大学外文系。[一]

校记：

［一］香港广宇版作『遵义浙江大学外文系，一九四〇年』。

相见

相见休言有苦辛，幽兰香淡惜良辰。
已甘弱植同秋草，忍委芳心逐浪尘。
远雾侵人衣自湿，轻纨障面语还真。
沉绵一吐人天意，坐觉黔山惨不春。

一九四〇年于遵义浙大。[一]

校记：

[一] 香港广宇版作『一九四〇年遵义浙大时写』。

兰影

兰影楼前淡，嫦娥[一]掩泪看。
惜花兼惜影，未忍倚阑干。

校记：

[一] 嫦娥，香港广宇版作『姮娥』。

新月

新月中宵晕，孤星依未安。
天阶云影逼，不忍拂帘看。

绿绢

绿绢深宵湿，依人几叶兰。

嫦娥[一]如有意，分影上眉端。

一九四〇年，遵义浙大。

校记：

[一] 嫦娥，香港广宇版作『姮娥』。

无端

无端掩袖一凄清，赚得相看千尺情。
此夕遥怜成绝忆，灯痕人语不分明。

一九四〇年，遵义浙大。

绝句

风敲竹韵不堪听，一径荒苔望欲青。
明月不来灯影暗，倚窗无那数春星[一]。

一九四〇年，遵义浙大。

校记：

[一] 香港广宇版作『自搴珠箔数春星』，湖南人民版改为今貌。

嘉树

西园嘉树有新栽，一日东君望几回。
清露晨滋怜泪影，芳根弱植怯飞埃。
深心争向春前尽，嫩蕊还从雨后开。
未必惊寒疑梦短，夜长分恨上莓苔。

一九四〇年，遵义浙大。

听雨

疏棂风竹数枝青，远梦沉沉无那醒。

雨外残荷长瑟瑟，夜凉争奈起来听。

一九四〇年。

旧纸

旧纸偶从病里舒，词中哀乐亦模糊。
枕边重省旋成泪，箧底长捐未是珠。
小雨微零怜夜静，宝帘初动惜灯孤。
苔深廊静萤飞定，寂寞秋庭泣井梧。

一九四一年。

漫兴（四首）

其一

闲愁万斛若为量，夜雨空阶点滴凉。

静拨炉灰成漫兴，隔帘金菊自芬芳。

其二

寒灰坐拨味初长，手破新橙指亦香。

怪底从来凭望处，秋林一径可怜黄。

其三

枫林咽水乍泠泠，手拂疏枝绕岸行。

凉月一梳寒雁堕，秋塘浅浸数星明。

其四

怪底黄蜂未解香，疏篱寂寞数枝芳。

平明踯躅成孤赏，不觉风檐已薄霜。

岁晚

岁晚风云气不平，三年萍转怅浮生。

灯前剩有词篇在，一事难忘身后名[一]。

校记：

[一] 香港广宇版作『肯负千秋万岁名』，湖南人民版改为今貌。

读莎芙遗诗①

蹈海莎芙意自坚，挑灯和泪读遗篇。
人间亦有痴于我，异域千秋一惘然。

一九四一年于[一]浙大。

注：

①莎芙：古希腊抒情女诗人，又译作萨福。

校记：

[一]香港广宇版无『于』字，为湖南人民版所增补。

新年感赋

昨宵不寐怜更鼓，今日高楼对管弦。
惘惘归来何所似，千林秋晚一寒[一]蝉。

一九四二年。[二]

校记：

[一] 香港广宇版原作『哀蝉』，湖南人民版改为今貌。

[二] 香港广宇版无落款，此系湖南人民版所增补。

雪夜

穷冬急景岂堪论，雪后林花无一存。

顾此茫茫伤永日，伴人炉火有余温。

一九四二年元月。

即事

疏梅修竹小斋寒，随分丹铅岁又阑。

惭愧劳生付孤注，檐蛛层网结千端①。

一九四三年元月。

注：

①人之一生成就甚少，往往将精力付之孤注，不若蜘蛛之丝，四处悬挂，其身稳妥，不致堕地也[二]。

校记：

［一］香港广宇版无本条注文，为湖南人民版所加。

岁首[一]

一九四四年岁首，寄呈缪钺吾师。

漫向灯前论永生，岁华淹逝了无成。

读书每自临崖返，心事无端愧短檠。

校记：

[一] 香港广宇版诗题原作『七绝』，湖南人民版改为今貌。以上各诗采自《夜珠词·附诗》。

已似

已似亡羊久失途，悬崖绝壁几踟蹰。
情依易水悲长吻，心隔银河梦永居。
万里胡尘伤逆旅，连城赵璧托流车。
长安尘雾凭谁拨，艺海苍茫寄劫余。

一九四七年于美国圣路易城。[一]

校记：

[一] 香港广宇版无落款，此为湖南人民版所增补。

留美生活剪影[二]

一别家门未识闲，炊缝洗扫一身兼。
更深苦读温晨课，假日光阴零换钱①。

一九四七年于美国。

注：

①美国有计时零工，虽待遇甚薄，但学生假日仍多为之，藉得资助求学费用。[二]美国学生喜独立生活，盖国民传统也。

校记：

［一］香港广宇版诗题为《七绝·口占记留学美国生活》，湖南人民版改为今貌。

［二］香港广宇版小注止于此处，其后一句为湖南人民版所增补。

赠依娅姐妹[一]

滇南陕北路漫漫，姐妹参商聚晤难。

最是童年欢乐事，夜深一一到灯前。

校记：

[一] 香港广宇版有此诗，湖南人民版将其删去。

赠次女娅平[一]

一九六八年，娅平在北京女二中初中学习，于一九六九年十一月二十四日赴云南曼老水利兵团。余适在北大医院住院手术。病榻缠绵，凄然话别，书以勉之。

身居温室总难安，风雨应能历苦艰。
愿到天涯为良种，秋来花果满山川。

一九六九年十月。

校记：

［一］香港广宇版有此诗，湖南人民版将其删去。

赠次女娅平[一]

远去原知事事难，滇南弥望路漫漫。
久居温室心情怯，乍入蛮荒步履艰。
种植能教腰脚健，攻书应使襟怀宽。
征途坎坷虽云险，绝域风光耐赏玩。

一九六九年十二月。

校记：

[一] 香港广宇版有此诗，湖南人民版将其删去。

手抄《蕙君年谱》有作，录[一]呈父亲大人（二首）

吾父于一九七一年写《蕙君年谱》一书，悼念我母，并追记五十五年间的家庭生活及个人工作，约十万字。其中悲欢离合，何可胜述？今我母去世已七载，我父年将八十，垂垂老矣。近日恭录《蕙君年谱》，不知涕泪何从？挥笔成七律二首，呈父亲大人及兄弟骨肉。

其一

夜夜灯前抄年谱，几回涕泪满衣襟。

征途驰骋非平坦，往事凄迷写逼真。
险径惊呼怜处处，亲人重忆恋频频。
百年似此人间少，何幸相依过半生。

其二

莫谓人生似过隙，悲欢离合总留痕。
功名建树从长说，委婉情怀相与倾。
下笔追思十万字，风波劳悴百年身。
丹枫映日秋光好，晚节霜花且自珍。

一九七四年十月二十二日，写于归来堂。

校记：

［一］香港广宇版无『录』字，为湖南人民版所加。

赞鲁迅译文[一]

译文十卷若明灯，点点光明振弱贫。
翻译也应如战斗，反修反霸字千钧。

一九七六年九月，写于北京师院联合国翻译组。

校记：

[一] 香港广宇版有此诗，湖南人民版将其删去。

喜父亲大人再度访日归来，诗以勉诸弟妹

挥手登机意兴豪，顿忘大病乍舒瘳。
一生巧筑空中路，万客穿梭友谊桥。
访日归来尤矍铄，良宵伏案倍辛劳。
吾人建树[一]应如此，莫负秋光八月娇。

一九七六年九月二十六日。

后记：

今夏唐山地震，波及京津。北京居民，搭棚外宿。吾父于七月

底避震外宿车中，因而感冒患急性肺炎。八月初住北京医院，急救脱险，渐渐痊愈，于九月二日下午出院。三日翌晨即赴日本东京参加国际桥梁结构会议，任中国代表团团长。九月十七日安然飞返北京。时年已八十矣。吾弟妹均年届中年，秋光八月，仍大有可为也。

校记：

［一］香港广宇版误作『健树』，湖南人民版订正为『建树』。

敬呈张度、贺又新诗友[一]

莫道相逢太晚生，文章知遇本难寻。

清词乍赏苏辛句，敝帚初呈箧底珍①。

青史古人恨不识，齐眉酬唱羡多情。

春来喜结诗文友，旧境重温味益醇。

注：

①敝帚非珍，但自珍耳。

校记：

[一] 香港广宇版有此诗，湖南人民版将其删去。

感父亲再度[一]为词稿写序

父亲于今夏为《于美词稿》作序。忆父亲曾于一九四五年为《夜珠词》作序，匆匆三十二年矣。《夜珠词》问世之后之作品，悉集于此词集中，约二百首。

刊罢夜珠卅二年，沧桑翻覆[二]几回旋。
春花梦里迷人艳，秋果庭前照眼鲜。
笑语娱亲慰白发，挥毫勉我惭箴言。
韶华此际浑堪数，留取芳馨故纸间。

一九七七年六月二十六日。

校记：

［一］香港广宇版诗题中无『再度』二字，为湖南人民版所增补。

［二］香港广宇版原作『翻覆』，湖南人民版改作『翻复』，据《现代汉语词典》以『翻覆』为正。

敬呈夏承焘、吴无闻[一]两先生

邂逅京华识面初，词家研注两相娱。
烹茶谈艺人间乐，斗室春风胜读书。

一九七七年八月，北京。[二]

校记：

[一] 吴无闻又名吴闻，香港广宇版诗题中作『吴闻』，湖南人民版诗题中作『吴无闻』。

[二] 香港广宇版无落款，为湖南人民版所增补。

斗室吟

愧我随流常局促，羡君适性每怡颜。
相依斗室亦寥阔，为因胸际见烟峦。

一九七八年十月九日。

译拜伦《忆昔两分手》①

试用五古体。[一]

忆昔两分手，默默流清泪。
为感久别离，酸楚心将碎。
汝颊冷如霜，苍白显憔悴。
汝吻更如冰，预卜今日事。
露珠在清晨，寒凉侵额际。
露凉透肺腑，似有警戒意。
汝名太轻浮，誓言全背弃。

每逢听汝名，我亦蒙羞耻。
对我道汝名，丧钟震我耳。
周身觉颤栗，爱汝深如此。
我知汝至深，知深无人悉。
何能对人言，我心长追悔。
昔汝悄来会，今我独含悲。
汝心将我忘，汝行突相背。
离别多年后，倘若重相值。
相对应无言，簌簌唯清泪。

一九七八年十二月八日。

注：

①选自《移植集》，以下译诗同。[一]

校记：

[一] 香港广宇版作『五古体』，湖南人民版改为今貌。

[二] 此处沿用香港广宇版，湖南人民版仅收录这一首译诗，作为《海贝词》的结尾，故将『以下译诗同』五字删去。

译雪莱《西风颂》

一

西风狂且烈，秋天的呼吸。
汝虽无形体，横扫枯树叶。
如鬼遇巫师，秋叶纷逃匿。
落叶黄黑灰，红如肺病颊。
竟如疫疠群，重重复叠叠。
西风驾宝车，殷勤吹种粒。
送上冬夜床，种子带双翼。

种粒经冬眠，忍寒卧墓穴。
卑贱深深藏，等待春消息。
大地睡沉沉，春姐响雷彻。
嫩芽被追逐，远望若羊群。
觅食在天空，嫩芽绿茵茵。
山峰与平原，充满香和色。
不羁的秋魂，随处留踪迹。
倾听复倾听，汝兼破与立。

二

流云若枯叶，没汝湍流里。

高空纷扬扬，云团被撕碎。
天堂与海洋，树枝纠缠细。
乱云摇晃晃，挣脱其羁系。
云作雷电使，没入磅礴气。
飘落蓝海面，高空波涛起。
狂女披金发，远来自云端。
直抵九重天，发丝如雷电。
西风唱挽歌，为残岁送别。
黑夜如墓宇，风雨齐密集。
西风力万钧，浑然大气结。

大气含黑雨，冰雹兼火炽。

倾听复倾听，迸裂齐涌发！

三

蔚蓝地中海，海水催伊眠。

西风唤伊醒，已睡过夏天。

巴亚海湾畔，浮石岛旁边。

西风频梦见，故宫与楼殿。

楼殿满青苔，花朵纷无限。

芬芳迷人醉，波影里抖颤。

大西洋波涛，汹涌中劈开。

西风猛力吹，渊底花树栽。

枝叶虽扶疏，荏弱陷泥污。

听到西风声，颤抖忽萎缩。

惊恐色死灰，倾听复倾听！

四

飘浮凭风吹，我身如枯叶。

又似一片云，随风飞何急。

还似海上浪，风中低喘息。

分享风脉搏，深感风威力。

不驯的西风，自由谁能匹！

凌风舞蹁跹，回复我年少。
漫游上太空，疾驰可速到。
轻飞岂梦幻，追风上云霄。
何必苦哀求，向风做[一]祈祷。
向风乞救援，焦躁还哀告：
请风举我身，使我如波涛。
又如叶一片，还似浮云飘。
人世满荆棘，刺痛血流娇。
岁月制伏我，我与风同调。
同样地不驯，轻捷又骄傲。

五

我身如树木，秋林叶尽脱。

为风做竖琴，弹奏起音乐。

深秋意忧伤，倾听颇甜蜜。

狂暴的精神，愿与我合一。

请用我思想，把宇宙唤醒。

思想虽枯萎，促成新生命。

请将我诗歌，向人间播散。

灰烬杂火星，来自炉灶间。

西风啊西风，向大地预言。

通过我嘴唇，将它殷勤唤：

冬日已来临，春天岂遥远！

一九七九年一月二十七日，旧历除夕。

校记：

［一］香港广宇版作『作』，今改为『做』。

译华兹华斯《彩虹》

彩虹明天际，一见心跃起。
此我幼时情，成年心犹稚。
待我暮年时，寸心复如此。
倘若无感受，何必老年死。
儿童成人父，天真为终始。
愿我有生日，日日当如是。

一九七九年。

河北赵州桥参观记事（二首）

一

赵县神桥古道边，敞肩垂拱逾千年。
雄姿历尽沧桑变，银幕还凭万国传。

二

两老桥头联袂来，工程艺术仰前材。
交谈未觉日当午，作画题诗兴满怀。

后记：

北京科教电影制片厂，特邀家父暨画家蒋兆和老先生专程赴赵县安济桥（一名赵州桥）拍摄影片《画家蒋兆和》。该桥系隋朝石匠李春所造，距今一千三百八十年矣。余亦随行，诗以记其事。[一]蒋先生是年七十有五，父亲八十四岁。

校记：

［一］香港广宇版后记止于此处，下文为湖南人民版所增补。湖南人民版将此二首诗及《赠女诗人叶嘉莹女士》皆置于《译拜伦〈忆昔两分手〉》之前，今按写作时间次序，改置于译诗之后，与香港广宇版排列次序相合。

赠女诗人叶嘉莹女士[一]

叶嘉莹女士侨居加拿大，著作等身，多次回国讲学。

羡君海外滋兰畹，桃李芳菲已满园。
愧我青埂峰下石，半生蔆落草蓬间。

一九八二年。[二]

校记：

[一] 香港广宇版题作《七绝》，湖南人民版取小引首句作为诗题。

[二] 香港广宇版无落款，此为湖南人民版所增补。

夜读[一]

灯下读《新文学史料》（季刊）有感。此系一九八二年旧作，今检录于后。

文苑前贤罹罪深，凄凉夜读为招魂。

无才留命诚堪庆，莫怨遥天珠贝沉①。

注：

①珠贝指作《夜珠词》《海贝词》，已于一九八三年出版。《新文学史料》，人民文学出版社于一九八一年出刊。皆记述现代作家生平，多坎坷事。

校记：

［一］此诗录自海宁版《海贝词续集》。

赠于轼弟妇赵燕玲[二]

阅尽人间妇，无如美且贤。
性情颇爽辟，姿容馥比仙。
灵心识大体，巧手理千端。
烹调味可口，剪裁衣色鲜。
久病知医药，食少事多烦。
痼疾安然愈，端赖胸襟宽。
助人喜同乐，长幼俱欢颜。
劝妹加餐饭，福寿永绵绵。

一九八三年春节。

校记：

［一］香港广宇版以此诗结尾，并注明为五古体，湖南人民版将其删去。

珍存[一]

重读缪钺（彦威）吾师所作《灯痕词集》。岁月匆匆，已是四十余年前事。小诗遥呈四川大学历史系缪师。

几多幽怨与清欢，墨淡情浓岁月残。
今日拂尘重展读，恍如对语夜灯前。

一九八七年九月六日。

校记：

［一］自此以下诸诗，凡无特别说明者，皆录自海宁版《海贝词续集》。

重访圣路易城之故居

安泰驱车入圣城，故居无恙更翻新。

倚门欲问楼中事，数按门铃不见人。

重访伊利诺州立大学厄班那故居

安泰驱车认故居①，楼窗凸出若前时。

重门深锁无人应，绕屋徘徊摄此图。

注：

①故居在705 West California St. Urbana IL.（伊利诺州厄班那城西加利福尼亚西街705号），璇兄与我于一九四九年初至一九五〇年九月居此，两人均在伊利诺州立大学攻读博士学位。该年九月下旬响应祖国号召，归国服务。

赠二妹于璋、妹夫汤堉孙

一九八八年秋十月，与璇兄同赴匹茨堡城访于璋妹之家。

匹城小聚最相亲，飞瀑氤氲亦醉人①。
莫对空巢伤晚景，丹枫红火似三春②。

注：

①应妹邀，得赴尼亚加拉瀑布城一游。

②璋妹育有两子一女，今均在外成家立业。现家门前有丹枫一株，色如红火，摄影留念焉。

匹城诗友小聚，留赠璋妹

于璋二妹邀匹茨堡诗友来家小聚，有马国钧夫妇、谢觉民夫妇、赵启海夫妇、郑龙夫妇，诸君多为浙江大学之校友也，共尽一夕之欢，遍尝各家携来之美味菜肴，谈各人近况，书此记事。

诗友重逢笑语哗，盘中美食各人家。
白头领略闲滋味，著述旅游更种花。

一九八八年圣诞节写于普渡大学。

小诗代柬

答故人虞逸夫君。虞君旧名念祖，今秋自长沙来京见访，已五十余年不见矣。

蒙君牵念莫相疑，逆旅情怀各自知①。
五十年间都一梦，觉来始味不多时。

一九八九年十月。

注：

①用李白《春夜宴桃李园序》文中意思。人生羁旅耳，各人的人生

际遇不同。

偶从

偶从面壁起沉思，往日追寻自笑痴。
解得诗人归隐意，生涯忽似退潮时。

一九九〇年十一月十二日。

为西南交通大学 95 周年校庆志贺（二首）

一九九一年五月十五日，成都西南交通大学召开 95 周年校庆大会。先父以升先生毕生从事教育，曾五度出任该校校长。是日，该校为先父雕塑半身铜像铸成，因而邀我参加揭幕典礼。铜像系由四川美术学院院长叶毓山教授设计。

一

唐山平越又峨眉①，几度迁移历困危。

自是蓉城山水秀，莘莘学子尽来归。

二

巍峨校舍如环列，气象恢宏草木春。
吾父有灵应笑慰，唐山风范育新人。

一九九一年五月，于成都西南交大。

注：

①西南交大前身为河北唐山交通大学。战时内迁贵州平越县（今福泉县）。七十年代先内迁四川峨眉山市[二]，后至成都。

校记：

[二] 海宁版误作峨嵋山市，一九八八年才撤峨眉县建峨眉山市。

归葬父母感怀

一九九二年五月三十一日，自北京奉父母骨灰回镇江，安葬于镇江市南郊栗子山公墓。诗记其事，录呈镇江市政协黄选能主席。

千里奉灵归故土，青山埋骨我心安。
寻根祭祖儿孙事，乡谊亲情一脉传。

一九九二年八月追记于北京。

踽踽

罗伯特·弗洛斯特，美国现代诗人，有『新英格兰田园诗人』之称。此诗题原来译作《那条没有去走的路》。大意是说个人一生可选择的道路有限，若走上一条路，顺着走下去，再想回过头来换另一条路走，就没有时间了。我细味此诗，认为极富哲理意味。故借其意，写成五古一诗。

踽踽独行客，忽临分歧路。
初看林之东，草绿花乍吐。
况复行人稀，欣欣登此途。

再望林之西，猗猗①黄叶树。
一身固难兼，留待他年补。
孰知涉足后，一往难回顾。
叹此人生道，命运谁为主。

一九九三年三月十七日。

注：

①猗猗：美盛的模样，如言绿竹猗猗。

海南岛三亚之行

一九九五年元月四日至九日，『中华炎黄女子诗书画家联谊中心』在海南省三亚市召开理事会。余应邀参加，自北京赴会。即席赋贺诗一首。

坡公贬谪蛮荒地，今日欣欣见此城。
仙境联翩才女集，炎黄代代出精英。

书于海南岛三亚市国际大饭店。

赠项宗沛君

项宗沛学兄，余浙江大学外文系同学，一九四三年同毕业于贵州遵义。阔别多年，今得来书，知其将出诗词书法集。赋诗致贺。

油灯黯淡攻书日，博览中西典籍时。
健笔纵横秋岁晚，诗词翰墨有佳思。

一九九五年三月二十四日。

赠北京大学许渊冲教授

译界奇才一许翁，纵横笔底战诸公。
力崇三美倡新论①，乐在精研典籍中。

一九九五年五月十五日。

注：

①许渊冲先生为北京大学教授，提倡译诗要具备意美、音美和形美三个条件。他曾将自《诗经》以至《西厢记》等四十二种译成英文韵体诗。译著极丰，成就卓著。

海宁行

一九九五年九月为浙江观潮节。余与璇兄应海宁档案局（馆）之邀，自京携书稿南下存于该馆。见该馆库房设施先进，眼界大开。赋诗留呈许树刚、吴根甫、马根生、杨志坚及石晨阳诸同志，谨申谢忱。

年来胜境匆匆过，岁月多情惬我怀。
甫自远洋探儿女，又如辽鹤故乡来。
寸金之地殊寥阔①，书稿存储亦善哉②。
芜杂诗文欣有托，何愁异日付尘埃。

一九九五年九月十四日于海宁。

注：

①指档案库地小，但囊括人才极众，故言寥阔。而一寸地值千金也。

②用佛家语『善哉』，善哉，结善缘者也。

希腊行[1]

昔读哀希腊[2]，居然希腊游。

英伦非梦幻，遗址说从头。

一九九六年六月，希腊雅典。

注：

①一九九六年六月二十日至七月十一日，长女一家三人，陪同我们二老赴欧洲旅游。历经希腊、意大利、法国与英国四国，途中口占两绝句。

②英国诗人拜伦有《哀希腊》长诗，备极沉痛，慨叹希腊长期受土耳其欺凌而不思抵抗，追怀希腊古代之显赫历史。

法国乡镇所见[1]

花圃喷泉街心立，教堂古堡比邻居。
牛羊放牧山前地，绿野无边村落稀。

一九九六年七月，法国。

注：

①此为欧洲的一般乡镇景观，真堪入书。

谢医

余患胆石症，今年5月入住北京第六医院，蒙外科王学敏、邱宝梁、于勇等诸位大夫检查治疗，切除胆囊，取出结石如大枣。手术及护理均良好，留诗致谢。

探囊剜石术精湛，愈我沉疴两载间。
医护生涯辛苦甚，挥毫谱写颂扬篇。

一九九七年六月十二日，写于北京六院出院日。

病中吟[一]

瘦骨支离才一把，身患绝症命难长。
魂兮魂兮归何所，只把杭州认故乡。
相随吾父慰岑寂，年年月月护桥梁。
我有亲人散四方，相思相念实难忘。
何如抛骨江中随流水，江河湖泊归大洋。
况复君家海宁潮有信，烦君时来报安康。
如此安排殊不恶，无怨无悔莫悲伤。

校记：

[一] 此诗仅见于徐璇、吴令华编《茅于美年谱》，作于一九九八年四月六日，为茅于美先生绝笔诗。编辑征得茅先生家属同意，恭录于此。

师友题咏·信函·书评

题于美《灵珊词》①[一]

缪钺

一纸新词掩泪看，日斜修竹倚高寒。
何期漱玉千年后，重见人间李易安。

注：

①按：此词为缪钺吾师写于遵义浙大，时在一九四〇年抗日战争时期。《灵珊词》即《夜珠词》也。我当时在浙大外文系二年级。

校记：

[一] 香港广宇版有此诗，湖南人民版将其删去，海宁版又予以收录。

题《夜珠词》

柳诒徵

韶令靓深，窥温李而摩秦柳，孟晋不已。镕冶风雅楚辞，雅暨玉田白石，行且弁冕词坛矣。

一九四三年二月。

声声慢

题茅于美《夜珠词》。[一]

吴宓

酿事成醇，织情作锦，灵心写就新词。曲曲连环图样，玉树琼枝。托意美人香草，凭象征、隐秀出奇。精绝处，此是纯粹之诗。

眼底黄茅白苇，喜春兰独茂，桂蕊方滋。仙乐似闻远奏，雪莱济慈。万古精魂不灭，论文章、惟赖真知。生涯苦，只清歌可遣愁思。

一九四四年，昆明清华研究院外文系。

校记：

［一］香港广宇版无此词，为湖南人民版所增补。

茅于美《夜珠词》刊成寄示喜赋[一]

缪钺

人间离别易多时，两见春光上柳枝。
每似独行无可语，不因念远肯为诗。
清词窈窕初成集，梁燕依稀有所思。
哀乐梦回了无迹，最怜此意少人知。

一九四五年四月于遵义浙江大学。

校记：

［一］香港广宇版与湖南人民版所附《题咏》均未收录此诗，海宁版收录此诗。

浣溪沙

题于美同志词作。

赵朴初

自在飞花织巧思，早年才调夜珠词。清新秦七乍相疑。

天马追风奔健笔，海潮撼梦幻奇姿。襟期却喜胜当时。

一九七一年十月，北京。

浣溪沙

题于美同志词卷。[一]

夏承焘

三十年前饮美名，杭州抛却客幽并。年年山色梦皋亭。台荡何时邀子去，潮头夜夜枕边青。一轮海月句中生。

一九七七年七月，同客北京。

校记：

［一］香港广宇版及湖南人民版均作『题于美同志词卷』，海宁版作『奉题于美同志词卷』。

题茅于美《海贝词》（二首）[一]

缪钺

一

能从旧体发新思，此是人间绝妙辞。
格调不论南北宋，芙蓉出水即清姿。

二

卅年风格变真纯，写出神州面貌新。
漱玉才情犹局限，积薪何必逊前人。

一九七七年八月，寄自成都川大。

校记：

［一］据茅先生家属提供的手迹黑白照片，可知缪钺先生组诗至少有两个版本。一幅手迹为单独题写，标题为《题茅于美〈海贝词〉》，两首诗均作三竖行，第二首首句为『卅年磨炼见真淳』，落款为『缪钺一九七七年』，钤印『钺』。另有一版，与作于一九七八年的《点绛唇·题于美英译李清照词》合写于一纸，诗居右下角，词居左上角，在词的落款之后钤印『钺』。其诗题为《题于美词稿》，两首诗均作两竖行，第二首首句为『卅年风格变真纯』，落款为『缪钺一九七七年八月』，疑为缪钺先生抄于一九七八年或之后的修订版。

三版词集诗题均作《题于美词稿》，今改为《题茅于美〈海贝词〉》，使之与《题于美〈灵珊词〉》《茅于美〈夜珠词〉刊成寄示喜赋》体例相近且各有明确指向。香港广宇版及海宁版中第二首首句均用『卅年风格变真纯』，湖南人民版则用『卅年磨炼见真淳』，今用缪钺先生修订的『卅年风格变真纯』。

点绛唇

题于美英译李清照词。

缪钺

彩笔凌云，能传千载芳馨意。仙葩奇卉，移植新园地。　九畹滋兰，应记当年事。新世纪，鹏飞万里，天半红霞起。

一九七八年于成都四川大学。[一]

校记：

［一］香港广宇版落款作『一九七八年成都川大』，湖南人民版与海宇版均作『一九七八年于成都四川大学』。

七绝[一]

夏承焘

夜珠卷里识词豪，为钓江干买一舠。

词境他年谁画得，六和塔顶月轮高。

一九七九年五月，客京师。

校记：

[一] 据题词手迹照片显示，此诗原无诗题，落款为『于美词家嘱题《夜珠词》卷，即请哂正，夏承焘八十岁书于北京朝阳楼』。香港

广宇版与湖南人民版据诗体以《七绝》作为诗题，海宁版未收此诗。

浣溪沙

次《李清照漱玉词英译稿成感赋》原韵题词。[一]

赵朴初

译笔功同创作深，几多觅觅与寻寻。谁知

炼石补天心。　喜见宋文惊海外，更看

新集重词林。长风万里听龙吟。

一九八二年二月，北京。

校记：

［一］据题词手迹照片显示，此词原题应为《浣溪沙·次大作〈李清照漱玉词英译稿成感赋〉原韵奉题于美教授词集》。茅于美先生于香港广宇版仅题作《浣溪沙》，词前有茅先生按语云『赵朴初先生题拙词《李清照漱玉词英译稿成感赋》并承蒙赐和原韵』，湖南人民版改为今貌。

程千帆致茅于美函[二]

（一九八〇年十一月）

于美先生：

惠示及新词均奉悉。数十年不读大作，感到您的词风变了，豪迈代替了少女时代所特有的明丽清婉，然而更深沉了。我原在武汉大学退休，去年才重入南大，在这里教了几点钟的诗选，招了三个唐宋诗的研究生，学殖荒落，无所建树，随顺世缘而已。我想找点有关唐宋诗词的英文论著给研究生课外阅读，最好是有分量的论文，如最近一期哈佛《亚细亚学报》上的《论唐诗中的赋比兴》一文，就很合用。不知您手边有无这方面的材料？您和史培德教授相熟，不知能否代为谋求这一方面的资料。数十年闭关的结果，使我们对外国汉学研究一无所知，要想使研究生『预流』，不再变成妄自尊大的闭关主义的牺牲品，让他们打开眼界，是有必要的，深

望得到先生的协助。专上

即颂

俪安！

程千帆顿首

校记：

［一］以下各通信函均录自海宁版，并据落款时间次序重新编排。

赵朴初致茅于美函

（一九八一年五月三十一日）

于美同志：

顷得手书，承告三、四月间曾以词稿寄至舍间。我今年三月中旬自南方归来，便住医院，至今尚在治疗中，未见大稿。得信后，即嘱秘书查寻，据言未收到此项稿件，一般收到信件即送医院，当嘱再查，先此函复。尊翁多时未晤，承示安善，

至慰，谨代道候。并颂

撰祺

朴初　状

赵朴初致茅于美函

（一九八二年二月七日）

于美词家：

两承枉顾，拜读大作，至为欣佩。遵属题签附上。次韵本题大集词一首，一并寄请雅正。病院中所带笔大小不合适，潦草塞责，请谅。顺颂

撰祺

赵朴初

施蛰存致茅于美函

（一九八二年九月十三日）

于美同志：

前日戴平来，授以尊作二帙，入手即讶其沉沉巨帙，何词之富也。即晚雒诵过半，词是见过的，风格亦早已领略，所意外的是有吴雨僧、柳翼谋题词。尤其可喜的是你的词序，大约足下平生遭遇思想感情都已自白于此编。我虽未奉丰采，亦可遥望雅范。因念及雨僧先生之《吴宓诗集》（中华书局版，1935[二]）亦是十六开大本，厚一寸，其诗题下亦有长序，自叙生平。今尊作与吴集后先辉映，不愧吴门女弟子也。

北图不收油印本①，乃『不收购』之意。如作者寄赠，他们亦编目入藏。我80年在柏林寺②查阅词集书目卡片，即见有许多油印本词集卡，故我以为你可以寄一本去，其他图书馆亦同。

你的另一本词集，我已放在师大中文系古代文学研究室中，我们正在收集古今词集，可惜的是我们的『室』还不像个样子，要等文科大楼造成，才能把藏书分类上架。

近日在筹备研究生答辩，较忙碌，不絮述。谢谢！

此请

吟安

施蛰存

注：

①此处油印本指词集未出版前，自费在坊间誊印社所做的手抄刻印本。北图因地方小，不收藏。

②柏林寺在北京东城北图藏书的一处。

校记：

[一] 海宁版中『5』作『?』，未知是写信时记不起具体年份，抑或是海宁版录入时有误，经查证后径改为『5』。吴宓先生于1934年自编《吴宓诗集》，1935年由上海中华书局印行。因信函原文用阿拉伯数字表年份，此处遵原貌不改用汉字数字。

许宏儒题词[一]

（一九八二年冬）

移树植花甘译匠，采珠拾贝乐词人。

于美词人幼耽诗词，《夜珠》《海贝》两集立意清新，情致超逸，文坛大师称其织心作锦，芳菲凄研，非虚誉也。三十七年前曾手录《夜珠词》一遍，清词俊语，依稀在忆。继闻勤于译著，曾刊行译诗曰《移植集》，因自辑一联以示甘作译匠，吟诵自娱之意。嘱为书之。砚田久荒，劣笔殊不当佳句。强承雅令云尔。

壬戌冬日，钱塘许宏儒，时同客北京。

校记：

[一] 本条题词录自海宁版，系题于王羽仪所绘《梅竹图》上。

方平致茅于美函

（一九八三年八月七日）

于美词家案前：

去春于昆明盛会上有幸拜识，今夏天津比较文学会议得以再度聆听教益，深自欣慰。上周又蒙不弃，赐赠大作《词集》，不敢以为见爱，而应该看作给我一学习机会，衷心感谢！词集印刷、装帧、图片俱为上乘，使人爱不释手，是国内珍本。所收词、诗将近三百，都系佳篇，云是『海贝』，实是人生的大海中采集来的粒粒珍珠，光彩鉴人。捧读再三，方知人间最为多情的莫如诗人的慧心，万事万物，竟无一不能入诗，而况儿女之情，早是难以排遣，又经诗人妙笔点染，此情此景，更是如饮芳醪，沁人[一]肺腑。俗人如我，一卷在手，如临人间仙境，耳闻目接，无不心旷神怡，犹如《仲夏夜之梦》中的Bottom。转而自思，平时视而不见，听而不闻，心窍不开，庸碌灰黯，过此一生，益增惭愧！

反复拜读大作，诗词中所赋所吟，无一不动我心弦。诗人把内心世界，化为委婉清丽的佳句，和盘托出，而我和诗人仿佛成了多年旧交，其所亲所爱所感念者，仿佛亦即我之所亲所爱所感念。真是笔端蕴秀凭君写，摄魂敛魄几行诗。诗词之魅力真是神异！

自愧修养浅薄，只能虚心向君学习，不足以和君论诗论艺，欣赏之余，勉力记下一些感受，请多指点为幸！

拙作莎剧论文集《和莎士比亚交个朋友吧》最近已由四川出版，我订购一批书，等寄到后当奉上请正。

专此，即颂

诗安！

方平

校记：

［一］海宁版作『入』，疑成语『沁人肺腑』录入时出错。

杨周翰致茅于美函

（一九八三年八月十九日）

于美同志：

今天接到你寄来的词集，十分感谢。收下一册，其余两册当遵嘱转送北大图书馆，并请他们收到后作复不误。

我迫不及待地匆匆读了一遍，真如令尊所说，情真意切，美不胜收。把一生经历用妙词记录，这在当代我国文坛上当属

罕见。印刷、照片都极精美，粗读一遍，

以后慢慢细读。

专复，并申谢忱。

杨周翰

天津师范大学图书馆致茅于美函

（一九八三年九月一日）

于美同志惠鉴：

承赐大著，展读一过，书味醰醰，写生花之妙笔，意境清新，冶中外于一炉，恢弘壮阔，洵佳制也。藏之秘阁，惠及来学，曷其有极。谨肃芜笺，用申谢意。

专此敬颂

著祺

程千帆致茅于美函

（一九八三年十月九日）

于美先生吟席：

承赐大集二册，顷已收到，至为感谢，其一册已遵示转交图书馆矣。大作清丽缠绵，稍一披诵已觉芳菲满眼，容当细加含咀以熨老眼。专此布谢。

即颂

教安

程千帆敬复

读《茅于美词集》[一]

冯　至

近年来出版的现代文学史，据我所知，都没有给旧体诗词以应有的地位，这是不公平的。[二] 我一向关心新诗的成长，也很喜欢读具有新思想、新意境的旧体诗词。可是我读这些诗词，总要对作者提出两点要求。一个要求是，既然用旧体[三]诗词的形式抒发思想感情，就应基本上遵守诗词格律，虽容许有变体，也不要变得不成样子。若是韵律不调，平仄倒置，则无异于邯郸学步，匍匐而归。第二个要求是，希望作者尽量不用，或少用古人诗词中惯用的词藻，因为那些词藻是从古代社会生活里提炼出来的，当时有新鲜的现实意义，可是现代人的生活有了很大变化，若仍然沿用，就成为陈词滥调了。

我很高兴读到茅于美女士[四]的词集，集分两部分，即《夜珠词》和《海贝词》，始于一九三七年，止于八十年代的近作。[五] 但在早期的词中，有些字句，沿用陈旧的词藻，不能不说是一种瑕疵。[六]

作者曾在浙江大学和清华大学研究生院学习西方文学，在继承祖国诗词的基础上，又从西方诗歌吸取营养，这给她的创作增添了新的意境。她在一九四三年[七]《虞美人》：『失群应似高飞雁，云海嬉游惯。侧身应似塔中灯，万里孤航黑夜破涛行。　人寰怅望空悲切，心瓣生双翼。翱翔化石补青天，但愿人心如链永相牵！』意象新颖，词调激昂，突破以婉约为主的《夜珠词》的风格。这样的词虽为数不多，其进步也是惊人的。

我更感到亲切的是《海贝词》。[八]由于抗日战争胜利后，革命形势的发展，作者的胸襟和眼前的世界都扩大了。如《浣溪沙》的后半阕：『锦绣河山春旖旎，殷勤播种莫踌躇。须怜大地久荒芜。』（一九四六）又如《蝶恋花》的前半阕：『誓把青春光与热，注尔熔炉，刻意千锤冶。心焰微微青不灭，清光皎似天边月。』（一九四六）这都表达了作者的抱负。但仔细吟味，这抱负在当时情况下只能是抽象的愿望，如何实现还是相当渺茫的。直到一九四九年五月，作者在美国听到上海解放的消息，才放声高唱：『故国春回新梦里，客怀顿改一年前，只凭风讯买归船。』（一九四九年《浣溪沙》下半阕）[九]这种愉悦的心情，怎能不使人想到杜甫的名篇《闻官军收河南河北》呢。

作者于一九五〇年归国，见祖国乾坤再造，万象更新，[十]以舒卷自如的笔调，歌颂眼前日新月异的景象。在这一类的词中，我最欣赏《一九五八年岁首书怀》的《鹧鸪天》：『捷报频传一岁更，心如潮水久奔腾。修桥补路须臾事，填海移山亘古情。　除乱石，补深坑。人间坎坷亦能平。愿[十一]将似火青春热，化作天街万盏灯。』我同样喜欢读她一九五九年在昌黎果园参加劳动时写的『摘罢鲜桃，已见葡萄

紫。秋风里，两山梨栗，共报枝头喜。』（《点绛[十二]唇》下半阕）这两阕优秀的词，前者气壮山河，后者天真烂漫。[十三]

从这里可以看出茅于美词创作的演变和成长。[十四]

论者多以茅于美词来比《漱玉词》。茅于美早期受李清照影响较多，她近年又曾将李词译为英文诗，这比拟是有一定的道理。但我以为，《夜珠词》中有不少《漱玉词》的流风余韵，至于《海贝词》则超过了『帘卷西风』、『双溪舴艋舟』的情调，只能说与《渔家傲》（『天接云涛连晓雾』）的气魄相近。可是《渔家傲》那样的词在《漱玉词》里几乎是绝无仅有，而且只是『记梦』。《海贝词》中具有积极精神，反映社会主义现实的作品，则占有一定的比重。李清照生逢乱世，颠沛流离，在离愁别苦中抑郁而终；[十五]《海贝词》的作者，路途不无坎坷，但建国以来，则以乐观主义精神，『歌颂神州红日出』（《玉楼春》一九七七）。看来《漱玉词》的情调和色彩在《海贝词》中之所以减退，是两位女词人不同的身世所决定的。缪钺教授《题于美词稿》说：『漱玉才情犹局限，积薪何必逊前人』，虽含勉励之意，却也是实情。[十六]

我对于词学，夙无研究，读茅于美词后，略抒管见，定多舛误，谨就正于作者和读者。

此文曾发表于一九八四年三月二十六日香港《大公报》

校记：

［一］湖南人民版首次收录此文，其落款为『一九八四年二月二十日于北京』，海宁版再次收录时做了大量删减，其文末附记云『此文曾发表于一九八四年三月二十六日香港《大公报》』，本次出版沿用海宁版，但于校记中补齐湖南人民版被删减的文字，以便读者完整了解冯至先生书评原貌。

［二］湖南人民版中此处原有以下文字：在与友人谈到这问题时，我常常说，如果写的是新文学史，不论及旧体诗词，还说得下去，但命名为现代文学史，就不能置旧体诗词于不顾了。『五四』以来，小说取得丰富的成果，章回体小说已不多见，纵使有，也是中流以下的作品；可是诗，在新诗发展的同时，旧体诗词的写作从未中断，毛主席诗词和鲁迅诗稿，都是现代诗苑中的奇葩。如今，关于旧体诗词，诗刊常设有专栏，出版社出版专集，这都足以说明，旧体诗词还蕴蓄着生命力，拥有一定数量的读者。

［三］湖南人民版与海宁版均作『旧诗词』，前文皆作『旧体诗词』，为保持表述一致性，此处补一『体』字。

［四］『女士』，湖南人民版作『同志』。

［五］湖南人民版中此处原有以下文字：　我同样以上述的两点要求读茅于美的词。作者从初步学词起，

就注意声律，并经名师指点，在这方面，颇见功力，所作给人以纯熟自然之感。

[六] 湖南人民版中此处原有以下文字：作者自己也说：『用字造句，常逃不出古人的窠臼。甚至「寒缸」、「绣阁」等字面也被用过。但在词的内容上，还是注重写出个人的情思。』（《夜珠词》前言）这段话是符合她的作品的实际的。例如，一九四〇年写的《临江仙》，最后的一句：『菱花镜里，犹自惜蛾眉。』的确不象（编者按：原文如此，今当改为像）是出自现代人的口吻。可是在同一首词里，有这样表达个人情思的句子：『若到荼蘼花事了，今生不种荼蘼。』古人词中，有不少『无计留春住』一类的词句，而这里的词人偏要用『不种荼蘼』来抵制最后一次的花信风，不让它把春光带走——这种想法，近似痴愚，但在诗词里，痴愚往往产生名句，因为它反映出诗人要把不可能变为可能的迫切心情。杜甫的『斫却月中桂，清光应更多』，可以说是诗人的『痴话』。可是后人传诵不已，致使辛稼轩从中演化出『斫去桂婆娑，人道是清光更多』，足见其影响之深了。

[七] 湖南人民版中此处原有『写的』二字。

[八] 湖南人民版中此处原有『《夜珠词》有不少清词丽句，总的说来，作者的视野仍嫌狭窄。《海贝词》则』等二十七字。

[九] 湖南人民版中此处原作『《浣溪沙》（一九四九）』。

[十]　湖南人民版中此处原有『「千里江山容远眺」（《蝶恋花》一九五七），她运用十年来掌握纯熟的词的技巧』等二十九字。

[十一]　湖南人民版词与书评中皆作『愿』字，海宁版书评中作『原』字，当以『愿』字为是。

[十二]　海宁版作『《点降唇》』，疑录入时将『绛』字误作『降』字，湖南人民版作『《点绛唇》』。

[十三]　湖南人民版中此处原有以下文字：再返回来读一读前边提到的那首《临江仙》，不仅与『菱花镜里』判然是两个世界，而且春华秋实，再也没有『今生不种荼蘼』的情怀了。

[十四]　湖南人民版中此处原有以下文字：但是词里有一个别人诗词集里不常见的特殊内容，始终没有改变，那是双亲与长女之间、兄弟姊妹之间、夫妻之间、作为母亲的她与子女之间——存在的深厚感情。这感情随着岁月的流逝，未见消减，而且与日俱增，在词集中随处都有所表现。尤其是十年浩劫期间，写家人离合聚散的情景，更是情真意切，感人甚深。一九八〇年三月，作者所在单位调整住房，将旧居两处合并为一处，自称：『至今十年动乱，始得结束。』因而填写《鹧鸪天》一首，以志庆贺。词的最后两句：『积尘重压书千卷，此日殷勤乍启封。』事本平常，亦非警句，却说出了许多知识分子都有过的亲身经历。

[十五]　湖南人民版中此处原有『虽有豪情，亦无从倾泄』等九字。

[十六] 湖南人民版中此处原有以下文字：过去人们评论诗词，常常谈到情景交融，我却更喜欢情与理交融的作品。我认为《海贝词》中的『莫便灯前论永生』（《浣溪沙》一九四五），『顿觉吾生非昔我』（《临江仙》一九四六），『誓把青春光与热』（《蝶恋花》一九四六），『便道孤贞终不负』（《蝶恋花》一九四九），『仙国盛芳菲』（《卜算子》一九四九），『长夜难安枕』（《金缕曲》一九五八），『大业成孤注』（《金缕曲》一九六一），『诗稿相随且自亲』（《浣溪沙》一九七八）等首，均情深意长，耐人吟味（编者按：湖南人民版于『味』字后漏标句号）。

茅于美年谱

茅于美年谱[一]

徐璇　吴令华 编

茅于美，笔名方今、灵珊，江苏镇江人。镇江茅氏诗书传家，明清两朝[二]考中进士者三人。曾祖茅谦，光绪二十年（1894）甲午科举人。赴京参加会试，适逢签署《马关条约》事，举子群情激愤，遂有『公车上书』之举，所上书中[三]多处采用了茅谦所拟条策。祖父茅乃登，茅谦之长子，曾参加辛亥革命。祖母韩石渠，聪明能干，诗文俱佳，十四岁时其父被人陷害入狱，石渠上书为父辩诬，救出父亲，名扬乡里。茅乃登与韩石渠育有三子一女，依次为：茅以南（男），曾留学日本；茅以升（男），考取『庚子赔款奖学金』[四]留学美国康奈尔大学、卡耐基理工学院[五]等大学，获博士学位，著名桥梁专家；茅以纯（女），曾受高等教育，是中国最早一批女大学生之一，但婚姻不幸，三十多岁即去世；茅以新（男），上海交通大学毕业后被保送入美国普渡大学，获硕士学位，铁路专家。茅以升（1896—1989）与妻戴传蕙（1895—1967）于1915年结婚，育有二子四女：茅于越（男，1916—2008）、茅于美（女，1920—1998）、茅于润（男，1921—）、茅于璋（女，1922—）、茅于冬（女，1924—）、茅于燕（女，1926—）；与后妻权桂云育有一女茅玉麟（1949—）。

茅谦重视后代教育，为使子孙有更好的发展环境，于1896年举家迁往南京定居，其子女都受到当时最好的教育。

1922 年　2 岁

10月6日，出生于南京。

此前长兄茅于越已于1916年降生于南京。父茅以升1916年毕业于唐山路矿学堂，同年考取『庚子赔款奖学金』[六]赴美留学。1919年学成归国，在母亲任教。

1921 年　1 岁

随父母迁居唐山，弟于润在唐山出生。

1922 年　2 岁

茅以升应东南大学（中央大学前身）聘，全家搬回南京。二妹于璋出生。

1924 年　4 岁

三妹于冬出生于南京。

1926 年　6 岁

茅以升任北洋大学（在天津）校长，全家再迁至北京。小妹于燕出生于北京。入北京汇文小学读书。

1932 年　12 岁

茅以升复应聘到南京中央大学任教，举家重回南京。小学毕业，在南京上初中。

1935 年　15 岁

铁道部及浙江省政府决定建造钱塘江大桥，请茅以升主其事。全家又迁至杭州。初中毕业，考入杭州女中高中部。

1936 年　16 岁

高中二年级。有国文老师喜爱诗词，常将名家作品、诗词典故增入教材，并鼓励学生练习作诗填词。于美本热爱文学，由是更激发起对古典诗词的兴趣。

1937 年　17 岁

抗日战争全面爆发，随家人西迁，辗转于长沙、桂林等地。逃难途中，无法就学，经常翻读随身携带的基本古典文学书籍，尤心折杜甫、白居易、李清照、黄仲则、纳兰容若的诗词。有时随意写作，投诸报刊发表。后收入《夜珠词》的《减字木兰花[七]·清溪照影》即当时作品之一。

1938 年　18 岁

在桂林一中借读。暑假以同等学力资格考取西南联大中文系，旋[八]赴昆明就读。

在西南联大听朱自清、闻一多、浦江清、冯至、闻家驷、潘家洵、杨业治诸先生课，他们主张文学不分中外，中文系、外文系的学生应打通界限，自由选读，方可博采中外古今之长，不可株守一隅，束缚自己。这给于美以后的治学道路以极大的影响。

1939 年　19 岁

开始旁听外文系的课，并学习德文、法文、拉丁文。

1940 年　20 岁

暑假回贵州平越（今福泉）家中（父茅以升时任唐山交通大学校长），发现染轻度肺结核，休息两月。遂转学至位于遵义的浙江大学外文系，重读一年级，实践文学不分中外的理念。时梅光迪任文学院院长，授英国散文，郭斌和授希腊、罗马文学，黄尊生授法国文学，佘坤珊授英国文学，均使于美受益匪浅。同时选习中文系缪钺的《词选》课，并在课余受教填词。于美说：『我所以学词，强半是受缪先生的影响。』于是『废寝忘食，刻意作词』，功力大进。词集初名《灵珊词》，缪钺题诗云：『一纸新词掩泪看，日斜修竹倚高寒。何期漱玉千年后，重见人间李易安。』同时，缪钺喜读英诗，善于对中西诗人作对比，引导学生博览中外文史哲书籍，精读深思，也为于美日后从事比较文学研究播下茁壮的种芽。

1941年　21岁

倚声功力渐长，由为词而作词阶段转入为写情而作词的阶段。此前，遣词造句，不脱古人窠臼，内容则多写个人情思；此后，体验人生，观照自然，内容多表现对光明的追求与理想破灭的悲哀。

1942年　22岁

作词渐多，《灵珊词》易名为《夜珠词》，取宋之问『不愁明月尽，自有夜珠来』诗意。缪钺序曰：『《夜珠词》，镇江茅君于美之所作也。君深于哀乐，好修为常，幼嗜倚声，时有俊语。一九四〇年岁季，来学遵义，问字于余。余授以观生体物之方，意内言外之旨，诵远西之诗歌，明天人之高致。君触隅善悟，澄照多知……所作芳悱凄妍，顿臻异境。余珍赏其才，以为千秋旦暮之遇……君芝英初茁，玉映犹新，千里之行，方始跬步。所望清晖四照，博涉无方，植根日深，拓土自远……』

1943年　23岁

2月，柳诒徵为《夜珠词》题词：『韶令靓深，窥温李而摩秦柳，孟晋不已。熔冶风雅楚辞，雅暨玉田白石，行且弁冕词坛矣。』

6月，自浙江大学外文系毕业。缪钺作长诗相送，勉之云：『但须勤耕耘，秋晚粟盈庾。莫望三神山，终生立海浦。君性喜声诗，贵自辟门户。远西有奇芳，何以移中土。』

9月，考取[九]清华大学（西南联大）研究院外国文学系研究生，赴昆明攻英国文学，导师吴宓。

1944年　24岁

吴宓为《夜珠词》题《声声慢》一阕：『酿事成醇，织情作锦，灵心写就新词。曲曲连环图样，玉树琼枝。托意美人香草，凭象征、隐秀出奇。精绝处，此是纯粹之诗。　　眼底萸茅白苇，喜春兰独茂，桂蕊方滋。仙乐似闻远奏，雪莱济慈。[十]万古精魂不灭，论文章、惟赖真知。生涯苦，只清歌可遣愁思。』

1945年　25岁

6月，研究生毕业。到重庆，任职于[十一]中央图书馆国际图书交换组（组长钱钟书）。

《夜珠词》在重庆刊行。共收词154首，附诗22首。父茅以升作序。于美在前言中详述学词历程。缪钺在遵义得刊本再次赠诗。

1946年　26岁

5月，随中央图书馆复员迁回[十二]南京。随即陪同父茅以升重访杭州，看钱塘江大桥。

7月，参加教育部举办的公费出国留学（英国文学组）考试，被录取，出国日期待通知。

1947年　27岁

被录取为美国密苏里州圣路易斯城华盛顿大学英国文学系研究生。9月，从上海港搭乘『海燕』轮赴美就读。

1948年　28岁

5月8日，与同校经济系研究生徐璇结婚。徐璇（1918—　[十三]），浙江海宁人。1942年从[十四]西南联大经济系毕业，任重庆大学助教，又入南开大学经济研究所读研究生，与于美同时考取公费留学。蜜月期间，二人到芝加哥拜访董作宾教授，董赠送一幅以金文书写的集句诗为贺[十五]：『我昔少年日，为乐不知[十六]。自作秦淮客，初为吴越游。白衣千万乘，花[十七]下一渔舟。纵为十日饮，客去室[十八]幽幽。』

暑假，获英国文学硕士学位。

秋，与徐璇同转到伊利诺伊州立大学，于美攻读英国文学博士学位。

在美读研究生时期，尝试英、中文诗歌互译，积久裒为一集，[十九]名《移植集》。

1949年　29岁

国民党政府败退台湾，不再资助海外留学生。两人只能靠打工维持学业。于美在学校图书馆帮工。

闻知上海解放，喜赋《浣溪沙》：『海外乡思寄已难，竹帘遮约去来间。于今消息作谜看。　故国春回新梦里，客怀顿改一年前。只凭风讯买归船。』

尝试以词体翻译英国小诗，如以《卜算子》调译英国17世纪诗人赫立克的抒情诗《赠朱丽叶》二首：『萤火映君眸，星点侍君侧。别有晶莹细目虫，故故与君昵。　鬼火莫君亲，蛇蝎莫君逼。去去[二十]君行坦且安，慎勿心惊怯。』『圆月睡诚酣，黑暗毋须惧。似烛天星亮且繁，为尔明今夕。　于此望君来，我爱唯君识。静夜若聆君足音，预卜同心结。』

1950年　30岁

响应新中国号召，夫妇二人放弃博士学位，于9月回到北京。于美在中央人民政府出版总署编译局工作，徐璇在中国银行总管理处经济研究所（后改名银行研究所，隶属于中国人民银行总行）任研究员。

1951年　31岁

4月，长女依协在北京出生。

1952年　32岁

4月，徐璇调天津南开大学经济系任教。于美亦拟调到南开大学教书，适逢全国高校院系调整，南开大学取消英文系，只得转入天津师范学院中文系。

8 月，次女亚平[二十二]在北京出生。

9 月，全家迁往天津。

此后集中力量从事翻译工作。

1954 年　34 岁

11 月，译著《大中西铁路》（亚·萨克斯顿著）以方今笔名由上海平明出版社出版。

又译《亲戚》《安纳德短篇小说选》，先后由上海文艺联合出版社出版。

除已出版者外，还翻译了狄更斯的《美国札记》中《费拉德菲亚城》《华盛顿》《雷奇孟德城》《从辛辛拉底城到路易斯维尔城》《奴隶》等五篇合计三万余字[二十三]（未刊）。

1955 年　35 岁

1 月，子安泰在天津出生。

10 月，调回北京，在新成立的中国科学院文学研究所西方文学组工作（1956 年后文学研究所改归哲学社会科学学部领导，即今中国社会科学院文学研究所前身）。

1957 年　37 岁

徐璇调中国人民大学经济系任教。全家迁回北京。

1958 年　38 岁

10 月，文学所第一批干部下放，于美等十位女同志到北京第一棉纺织厂络经车间劳动。

1959 年　39 岁

2 月，转到河北省昌黎县[二十三]后两山果乡公社果园劳动。后又调到县城参与编写《河北昌黎革命回忆录》。

11 月，回北京。

1961 年　41 岁

译文《济慈书信选译》收入人民文学出版社《古典文艺理论译丛》第一册。

11 月，得假回江南一行。在镇江、上海、杭州小住。

开始翻译哈代的《贵族妇女及其他》，次年夏完成，约十万字（最后一篇采用顾仲彝译文）。同时还写了《哈代小说的批判现实主义的成就》长篇论文，均未能发表。

1962 年　42 岁

9 月，调入中国人民大学语言文学系西方文学教研室任教。

翻译美国学者坎尼斯·勃克的《心理与形式》及艾伏·温特斯的《基本问题》，分别收入中国科学院文学研究所西方文学组编的《现代美英资产阶级文艺理论文选》上下篇，由作家出版社于是年出版。

1963 年　43 岁

夏，由中国人民大学组织赴北戴河休养十日。

1967 年　47 岁

1 月，母戴传蕙在北京病故。

1969 年　49 岁

1 月，长女依协初中毕业后赴延安蟠龙公社插队。

11 月，次女娅平到云南西双版纳水利兵团当[二十四]农垦战士。

1970 年　50 岁

3 月，于美、徐璇及 74 岁高龄的婆母一同下放江西余江五七干校，家住锦江镇。子安泰寄居北京外祖父家。

7 月，子安泰从北京到江西探亲，于美作《瑞鹧鸪》赠安泰：『而今离别只寻常，欢乐无端在锦江。千里探亲如梦寐，半年行迹太仓皇。　羽毛丰满鹏程远，弱马嬴蹄道路长。儿女灯前成往事，草棚明月夜如霜。』

冬，卧病锦江，再作《瑞鹧鸪》寄安泰：『家人散尽余童稚，零落外家寄汝身。故屋迢迢忽梦忆，荒原漠漠且耕耘。天伦儿女成契阔，风雪柴门悟夙因。无可屏除城市恋，今冬卧病已兼旬。』

1971 年　51 岁

10 月，赵朴初为于美词集题《浣溪沙》：『自在飞花织巧思，早年才调夜珠词。清新秦七乍相疑。天马追风奔健笔，海潮撼梦幻奇姿。襟期却喜胜当时。』

子安泰初中毕业，分配到北京市第三轧钢厂当工人。

1972[二十五] 年　52 岁

5 月，自江西余江[二十六]五七干校调回北京，方知中国人民大学已被解散，语言文学系并入首都师范学院，经济系并入北京师范大学。夫妇二人分别到新单位报到。

9 月，联合国恢复我国[二十七]合法席位。为适应新形势，在各高校组成翻译组，专门翻译联合国成立以来重要文件。于美及徐璇分别在各自学校参加此项工作。

9 月，长女依协考入陕西师范学院物理系为工农兵学员。

1974 年　54 岁

父茅以升为悼亡[二十八]于 1971 年作《蕙君年谱》，十万字。于美工余抄录。10[二十九]月，作七律二首：『夜夜灯前抄年谱，几回涕泪满衣襟。征途驰骋非平坦，往事凄迷写逼真。险径惊呼怜处处，亲人重忆恋频频。百年似此人间少，何幸相依过半生。』『莫谓人生似过隙，悲欢离合总留痕。功名建树从长说，委婉情怀相与倾。下笔追思十万字，风波劳瘁百年身。丹枫映日秋光好，晚节霜花且自珍。』

1976 年　56 岁

子安泰被推荐入北京钢铁学院为工农兵学员。

1977 年　57 岁

中国人民大学复校，夫妇二人重回执教。于美开设『西方文学史』课，并重新开启中西文学的比较研究。

参加赫尔曼·沃克的畅销书《战争风云》的翻译。

自《夜珠词》付梓以后，已经三十余年。历经留学、回国、下放、回城，不废吟咏，又得词二百余首，辑为《海贝词》。自序：『若说《夜珠词》是个人早春的花朵，那末《海贝词》可说是晚秋的果实了……在这旧词体的小小园地，我借鉴中西诗歌抒情的技巧，来表达自己的思想感情，开拓词体的新意境，几乎不觉得它那谨严的格律对我有多大的约束力。』6 月，父茅以升为《海贝词》作序：『这本从1945 年起的三十年诗词稿记录了于美在生活和思想上，从纷扰苦闷到安定舒畅，从小天地到广阔天涯的奋斗历程。经过洗练[三十]，文字虽似平淡，而意内言外，读来沉郁含蓄。』词集当时难以出版，只得在坊间誊写油印若干册，分送同好。7月，夏承焘赠《浣溪沙》：『三十年前饮美名，江南抛却客幽并。年年山色梦皋亭。　台荡何时邀子去，潮头夜夜枕边青。一轮海月句中生。』8月，缪钺也从四川成都寄来题诗二首：『能从旧体发新思，此是人间绝妙辞。格调不论南北宋，芙蓉出水即清姿。』『卅年风格变真淳，写出神州面貌新。漱玉才情多局限，积薪何必逊前人。』

长女依协调回北京，在首都师范学院物理系任助教，次女娅平调到河北廊坊水利局工作。

1978年　58岁

5月，为纪念结婚三十周年，两赋《金缕曲》：『天意成佳侣。忆年时、海舟泊岸，寸心无据。携手金门桥上立，一缕柔情乍吐。别离际、初怜孤旅。锦瑟年华依异国，定佳期、来岁春为主。花月下，共朝暮。　韶华似梦惊回顾。比航行、波涛万里，片帆争渡。三十年间恩和爱，形影相随未足。应惟有、丹诚如故。胶漆泥人他生约，倩红丝、永系为夫妇。深夜静，感君语。』『但愿人长久。此柔情、犹如岁月，又添些否？漫道江郎才思尽，词笔神来急走。直不欲、匆匆挥就。诗稿诚知终灰烬，早应该、焚去十之九。都未忍，遽分手。　画梁雏燕新归后。羡长征、翩跹举翅，出巢时候。剩有楼头书千册，闲日吟玩左右。最难抵、心魂相守。细味平生清修福，纵寻常、未必人人有。灯影侧，为君剖。』

6月，再赋《玉楼春》赠徐璇：『人间欢爱须深会，为有相亲无限意。自从结识到而今，三十一年心不易。　世情洞澈谁似子，历尽险夷多少事。形神与共景常新，即此蓬瀛方外地。』

9月，次女娅平考上廊坊师范学院中文系。作《南歌子》勉励：『坎坷平生志，殊怜早岁名。卅年落寞作蜗行。得失谁评，积稿暗尘生。　空谷徘徊久，惊闻脚步声。盘旋陡峭是征程。好自攀登，更上一层层。』

10月，完成英译李清照词《漱玉词》三十首，感赋《浣溪沙》：『词卷译成感慨深，字斟句酌苦思寻。敢期信达古人心。　得使芳馨移海外，顿教殊色傲园林。千秋异域动歌吟。』缪钺在成都为题《点绛唇》：『彩笔凌云，能传千载芳馨意。仙葩奇卉，移植新园地。　九畹滋兰，应记当年事。新世纪，鹏飞万里，天半红霞起。』在以后（1982年）为《茅于美词集》所作序中更特别指出：『茅君研治欧美文学，曾以英文诗体译李易安《漱玉词》，拟使中夏奇葩，扬芬海外，并将与国外学术界取得联系，致力于中西比较文学之研究。他山之石，可以攻错，行见其所业之日进也。』

在此前后，还曾将韦庄、李后主等人的词译为英语诗。

夏，长女依协考取中国科学院高能物理研究所研究生。冬，值李政道等华人科学家建议美国部分大学来中国招生，依协又考上纽约市立大学及[三十二]哥伦比亚大学研究生。

1979年　59岁

5月，夏承焘赠七绝：『夜珠卷里识词豪，为钓江干买一舠。词境他年谁画得，六和塔顶月轮高。』

是年开始招收西方文学研究生。第一届研究生孔海立，现任美国 Swarthmore College[三十二] 教授。以后又陆续招收研究生多人，学生均学术有成。

暑假，子安泰考取北京钢铁学院研究生。

以五言古诗体译拜伦《忆昔两分手》、雪莱《西风颂》及华兹华斯《彩虹》等。

《读奥斯汀的〈傲慢与偏见〉》一文收入由江西人民出版社出版的《世界文学名著选评》第2集。

1980年　60岁

3月，中国人民大学调整住房，始将原被分为两处的居所合一，因作《鹧鸪天》自贺乔迁：『十载颠簸风雨中，早春景色尚迷蒙。经冬麦垄青青绿，初蕊桃花淡淡红。　蓬勃意，与花同，乔迁恰喜乘东风。积尘重压书千卷，此日殷勤乍启封。』先是1970年于美夫妇下放江西，原住房被挤占，回京后，全家只能分居两处，至此时方解决。

春夏之交，北京科教电影制片厂邀请茅以升及画家蒋兆和赴河北赵州桥拍电影，于美陪往。

7月，长女依协启程赴美留学。于美为此前后两次作词鼓励。《临江仙》：『忆昔心驰奔祖国，飞蛾扑向光明。卅年果实笑零丁。耕耘颇着力，荒歉愧收成。　喜汝天庭穷秘奥，巨人肩顶攀登。青云有路志初伸。剧怜妖雾散，奋翼远航行。』(1月)《瑞鹧鸪》：『十年几度送儿行，水复山重又一程。炼石补天怀壮志，扬帆出海喜新晴。　丹心莹洁诚堪贵，世事翻腾未可轻。顾我平生萧瑟意，何妨灯下细叮咛。』(7月)

8月，夫妇二人随学校组织赴大连旅游。

《读哈代的〈三怪客〉》一文收入江西人民出版社出版的《外国短篇小说欣赏》。

1981年　61岁

专著《易卜生和他的戏剧》由北京出版社出版。

1982年　62岁

作《金缕曲》书怀：『卅载频回味。怅浮生、颠簸挫折，怎生由己。碌碌无为缘何事，辜负明窗净几。枉几度、餐眠空废。师友于今凋零甚，任才情、泯没随秋水。风雨晦，盛年逝。　光阴已迫休追悔。待灯前、残篇断简，案头重理。乞就十年康宁日，应有寒梅再蕊。得甘露、枯枝还翠。馥郁芬芳凌冰雪，笑人间、赏爱君为最。珍惜意，祈君会。』

2月，赵朴初作《浣溪沙·次〈李清照漱玉词英译稿成感赋〉原韵》[三十三]：『译笔功同创作深，几多觅觅与寻寻。谁知炼石补天心。　喜见宋文惊海外，更看新集重词林。长风万里听龙吟。』

春，赴昆明参加高等师范院校外国文学教学研究会，提交[三十四]论文《大自然的颂歌，平民生活的写照——华兹华斯诗歌创作的内容》。

9月，子安泰获美国乔治城大学物理系奖学金，亦赴美留学。于美作《西江月》送之。

10月，伴随父茅以升赴美国参加美国工程科学院授予该院外籍院士称号的仪式。并探望居美的二妹于璋、三妹于冬两家。距前次归国已三十二年矣。有句云：『廿六初来今六二，金桥神像依然。重逢姐妹话悲欢。』回国途中转赴欧洲瑞士日内瓦探望长兄于越一家。游历莱蒙湖上古堡，写《瑞士锡雍古堡记游》，发表于《文汇月刊》1983年第6期。

论文[三十五]《十四行诗与中国的词》发表于《文艺研究》1982年第6期。对比中西这两种相隔遥远的格律诗，指出[三十六]二者相通之处在于：都起自民间，都以抒情为主，都富有音乐性，容量都较小并有规定的格律。文末并对格律诗的前景表达了自己的见解：格律诗在中外古今诗史中占有持久的地位，永远不会被自由诗代替，在艺术表现上有时甚至为自由诗体所不及。

翻译英国当代评论家布莱德鲁克专著《挪威人易卜生：一个重新评价》的第二章《诗人易卜生》，收入《外国文学研究资料丛刊·易卜生评论集》。

在校开设『英国浪漫主义诗人』课程，约在是年。

1983 年　63 岁

5 月，香港广宇出版社出版《茅于美词集》，合《夜珠词》《海贝词》为一册。赵朴初、夏承焘题签。缪钺于 1982 年 5 月复为之作序，述于美习词编集之颠末，并指出，《夜珠词》『虽内涵未广，而情思真淳，谨守韵律，如山中泉水，流为曲涧清溪，纵无壮阔之观，而有澄澈之致』，『君自涉世以还，多历变故，所作词遂较昔日为发抒，颂新政之清明，哀沉痛之内乱，而笃念天伦，尤为肫挚。……今茅君以旧词体歌咏新事物，发抒新情思，而犹能大体不失长短句固有之风味，斯亦可以观矣』。

6 月，论文[三十七]《一支向往黎明的歌——雪莱的〈致云雀〉》发表于《阅读与欣赏（外国文学部分）》之二，由北京出版社出版。

夏，到天津参加比较文学研讨会议，提交论文《关于中西隐逸诗人的比较研究》，[三十八]分述中西隐逸诗人思想的发展演变，提出对隐逸诗人特别是西方隐逸诗人的如何正确评价的问题。

夏，游黄山，到屯溪开会。作散文《屯溪行》，发表于《文学》1983 年第 10 期。

高等师范院校外国文学教学研究会 1983 年《会刊》摘发《大自然的颂歌，平民生活的写照——华兹华斯诗歌创作的内容》。

10 月，长女依协回国探亲，同返故乡江苏镇江与浙江海宁。先去成都、重庆，取道长江，游三峡，回镇江、海宁。历经十余省，喻为『平生壮游』。

《〈悲惨世界〉中的人道主义》一文收入柳鸣九编[三十九]《雨果创作评论集》，由漓江出版社出版。

1984 年　64 岁

1 月，因词集行将问世，欣然作《浣溪沙》：『窃喜存诗未尽焚，增删修订意欣欣。静中笔墨自清真。移树植花甘泽匠，采珠拾贝乐词人。轩窗韵味日深醇。』

3 月，论文[四十]《莎士比亚和他的作品》发表于《历史教学》1984 年第 3 期。

论文[四十一]《英国桂冠诗人》发表于武昌华中师范学院《外国文学研究》1984 年第[四十二]4 期。

《关于中西隐逸诗人的比较研究》一文发表于《比较文学论文集》，由南开大学出版社于 1984 年出版。此文以后更名为《大自然的契友——隐逸诗人》，收入专著《中西诗歌比较研究》。

9 月，带研究生到广州、深圳、杭州，游新安江。

1985 年　65 岁

1 月，参加香港中文大学举办的国际比较文学会议，宣读论文《论西方诗歌中的伤逝悼亡之作》。

2 月，[四十三]《济慈书信选译》再次发表于《文艺理论研究》1985 年第 1 期。

6 月，作《新安行》散文，发表于 1986 年 4 月《新安江》。

8月，中国比较文学会所编《中国比较文学》总第2期收录[四十四]《中西隐逸诗人》。

9月，[四十五]湖南人民出版社出版《茅于美词集》，共收词336首，附诗34首。作者在《后记》中自述：『力主从西方诗歌中汲取有益的营养，熔冶中外诗歌于一炉，开拓词的新境新意。语言方面则强调平白如话，目的是希望祖国这一美好的古典形式能具有蓬勃生长的活泼生机。』集中还录有柳诒徵、吴宓、夏承焘、缪钺、赵朴初、冯至诸先生题咏及评论文章9篇。冯至写于1984年的《读茅于美词集》以为：『论者多以茅于美词来比《漱玉词》……但我以为，《夜珠词》中有不少《漱玉词》的流风余韵，至于《海贝词》则超过了「帘卷西风」、「双溪舴艋舟」的情调，只能说与《渔家傲》（「天接云涛连晓雾」）的气魄相近。可是《渔家傲》那样的词在《漱玉词》里几乎是绝无仅有，而且只是「记梦」。《海贝词》中具有积极精神，反映社会主义现实的作品，则占有一定的比重。』

1986年　66岁

4月，《论西方诗歌中的伤逝悼亡之作》发表于《外国美学》1986年第[四十六]2期。此文后更名为《情真意深的伤逝悼亡诗》，收入专著《中西诗歌比较研究》。文中以大量实例，品味中西挽歌的各自特色，如西方挽歌宗教色彩浓厚，相信末日审判，表现手法相对开放；中国悼亡挽诗的宗教色彩较淡薄，格调低沉悲伤，多叙儿女情，手法含蓄少露等。

12月，《谈谈拜伦的〈哀希腊〉》发表于《阅读与欣赏（外国文学部分）》第6期，由北京出版社出版。

1987年　67岁

1月，职称被评定为教授[四十七]。

2月，[四十八]旧译美国学者艾伏·温特斯的论文《基本问题》再次在《二十世纪文学评论》上册发表，由上海译文出版社出版。

4月5日，与徐璇同日从中国人民大学退休。

9月，与妹于燕同[四十九]侍奉父亲茅以升赴杭州参加钱塘江大桥建成五十周年纪念会。

论文[五十]《别有天地的田园牧歌》发表于《华东比较文学通讯》1987年第2期。该文侧重对比了中西田园诗由于地域历史、文化传统、宗教信仰、社会观念等的不同而形成的各自特点[五十一]：一、西方田园诗歌多写牧民生活，中国则侧重农民生活。汉人写牧区生活的，多为愁苦之音；西方牧歌则多欣悦愉快的情调。二、主题思想上，西方爱情内容占主题，中国则多涉及政治。三、西方诗中多流露对上帝的崇敬，中国的田园诗宗教气氛不浓，但时有参佛求仙的思想。四、对哲理的思考及人生价值的探索也有所不同。

12月，[五十二] 专著《中西诗歌比较研究》由中国人民大学出版社出版。此书共收入论文15篇：《别有天地的田园牧歌》《大自然的契友——隐逸诗人》《源远流长的游历诗歌》《英国桂冠诗人》《情真意切的伤逝悼亡诗》《耐人寻味的童心》《感触多端的老境》《是战士，也是诗人》《各呈异彩的婚恋题材》《女性的赞颂》《卢梭的〈忏悔录〉与沈复的〈浮生六记〉中的女性形象》《遁世女诗人艾米莉·狄金森及其他》《十四行诗与中国的词》《异曲同工的短篇零句与长篇巨制》《白朗宁夫人与李清照的抒情格律诗》。作者认为：『要把中国文[五十三]学和西方文学进行比较，若仅就个别作家或个别作品作单纯比较……近乎就事论事，难免见树不见林，有时会脱离各自的背景和一定的历史、社会条件，导致牵强附会。实不如深掘一井而得泉。如果我们能从一种文学体裁，或一个个题材和类型入手，找出中西作家的哲学思维、伦理观念、艺术表现、美学原则诸方面的异同之处，综合分析，寻求出作为文化总体的基本规律来，或许更有社会效益。』是书选择诗体作为[五十四]研究对象的主要考虑是：『诗歌是文学体裁最早期的形式……愈深入古代，各个国家及民族之间的相互不同的特征就[五十五]愈见其少，而相同的地方则愈见其多……诗人之间的诗意与诗风的相似相通，竟有不可思议的地方。……世界诗篇之间存在着极大的可比性。况且，诗体更是人民思想与感情最能直接表达的媒介，如从这里入手，我想是能像化学分析那样，提炼出中西文学中一些精髓及本质性的东西来的。』此书曾获得全国图书出版二等奖。

1988 年　68 岁

9 月，应美国科学院美中文化交流委员会之邀请，赴美至母校华盛顿大学及普林斯顿大学、弗吉尼亚大学、普渡大学讲学，并与在美的子女团聚，徐璇同行。

《中西诗人笔下的爱情主题——婚前恋、婚外恋、婚后恋》发表于《国外文学》1988 年第 3 期，由北京大学出版社出版。此文是《中西诗歌比较研究》中《各呈异彩的婚恋题材》一文的另一版本。文中分述中西各类情诗源流特色，并将两者由于文化传统，特别是对女性的价值与作用的认识不同，导致其所表现的内容及手法的差异做了比较。篇中举引的英诗多出自于美自译。

1989 年　69 岁

11 月，父茅以升病故，享年 93 岁。

1990 年　70 岁

3 月，与徐璇赴福建旅游。

5 月，《桥梁文学与我的父亲》一文[五十六]发表于《欧美同学会会刊》。

7 月，回忆文章[五十七]《怀念吴宓导师》收入黄世坦主编的《回忆吴宓先生》，由陕西人民出版社出版。

12月，《父亲的两件珍藏》一文[五十八]收入江苏镇江市委、市政协编的《桥梁专家茅以升》一书。

主编《世界名诗鉴赏金库》英美诗歌部分。

1991年　71岁

1月，应镇江市政府、政协邀请，参加茅以升诞辰九十五周年纪念会，作《对先父永恒的怀念》发言。徐璇同行。

3月，应邀至中国人民解放军外国语学院[五十七]为研究生讲授英国文学。

春，赴日本东京参加国际比较文学会议，宣读论文《中西诗人的游历诗歌》。文章[六十]指出，西方的游历诗歌反映的民族性格富于冒险精神，内容多赞美歌颂大自然，也表现羁旅乡思。中国游历诗歌中政治因素极为突出，羁旅情怀愁苦悲伤居多，主观抒情比重特大，单纯为旅游观景者少。此文后收入乐黛云主编的《欲望与幻象——东方与西方国际比较文学会第十三届年会（东京）中国学者论文集》，由江西人民出版社出版。

5月，应邀至四川成都西南交通大学参加茅以升铜像落成典礼。

6月，《何幸相依过半生——我的父母茅以升和戴传蕙》一文[六十一]发表于《人物》1991年第6期。

论文[六十二]《飞将词坛冠众英——现代女词人吕碧城》发表于《中华诗词》1991年第2辑。

12月，《茅以升文革蛰居记》一文在《中外论坛》1991年第11期发表。思亲之作《桥影依稀话至亲》由西南交通大学出版社出版。

是年，次女娅平亦到美国学习工作。

1992年　72岁

5月，与于燕、徐璇等同奉父母骨灰回江苏镇江安葬。作《父亲的墓碑》一文。散文[六十三]《斗室春风胜读书——与夏承焘先生交往小记》发表于《人物》1992年第5期。

7月，《词学》发表美国普渡大学教授桑·休斯《〈漱玉词〉茅于美译本序》，文章[六十四]指出：『她的译文是内容重于形式，而又试图把译文尽可能做到与原诗融合无间……为了尽量贴近原文，她的译文允许采用有别于「中国词」的「另一种模式」，而同时又能让李清照在其中发出清澈明晰而且充满活力的声音。』

10月，闻四川大学将召开缪钺九十寿诞暨从教七十周年庆祝会，献词《鹧鸪天》：『五十年前拜讲筵，黔山苦忆读书天。幽兰着露花争发，嘉树留巢鸟竞还。　逢盛会，喜薪传。芜词恭祝寿绵绵。任随世事沧桑变，著说昭垂天地间。』

与徐璇同返徐之故乡海宁。途经杭州，逗留三日。于美视杭州为第二故乡，旧地重游，怅触多端，作《金缕曲》：『怪底相思久。待重来、苏堤漫步，桂香盈袖。为爱斜晖湖畔立，秋水微波明秀。但苦忆、年华豆蔻。诗意文心浑难说，尽留连、暮霭沉沉透。伤去日，怀师友。　　江山胜景容吟就。遍天涯、牵情最是，钱塘烟柳。塔影桥身还如昔，过往人年依旧。魂梦里、相依相守。眷恋片时匆匆别，便余生、能此消磨否。凝眸处，频挥手。』

12 月，新加坡之全球汉诗诗友联谊总会会长张济川聘于美为该会名誉会长。

《笔记文学欧洲中心的东移——自东京归来》一文[六十五]发表于《国外文学》1992 年第 1 期，由北京大学出版社出版。

《译诗琐谈》一文发表于《中国翻译》1992 年第 1 期。

《先父茅以升与唐山交大》一文发表于《河北文史资料》1992 年第 2 期。

1993 年　73 岁

10 月，与徐璇再次赴美探亲。

《词学》[六十六]第 11 辑发表《现代女词人吕碧城》。

1995 年　75 岁

1 月，赴三亚参加中华炎黄女子诗书画家联谊中心召开的理事会，被选为副理事长。徐璇同行。

8 月 27 日，于《光明日报》发表散文[六十七]《钱塘江大桥接炸追记》。

9 月，与徐璇回海宁观潮，并决定将夫妇二人之书稿资料等捐赠给海宁市档案馆。

10 月，与徐璇一同第三次赴美探亲。

论文[六十八]《中西诗人的忧患意识》在《国外文学》1995 年第 4 期发表。该文阐述中西古典诗歌中表现忧患意识的题材，由于历史背景、政治制度、民族性格等方面的原因，导致诗作吟咏对象、表现风格的异同。

1996 年　76 岁

6 月，自美国与徐璇由女儿、女婿等陪同做欧洲四国（希腊、意大利、法国、英国）之游。作《欧洲四国怀古游》、《伦敦西敏寺及其诗人角》，1997 年连载于西安《说古道今》杂志。

1997 年　77 岁

3 月，赴杭州参加母校浙江大学百年校庆。又回徐璇家乡海宁，再次捐赠个人资料给海宁市档案馆。

7 月，汇集 1985 年以后所作诗词四十余首，由海宁市档案馆刊成《茅于美词集（续集）》。自序：『自改革开放以来，我心情愉悦，于词作上风格与前期有所不同，格调趋于高昂，在内容表达与形式选择上较前完善。』又说：『我写作诗词，不喜用典故或雕饰词汇，要其纯出于自然，力求不隔。』『我是主张写格律诗的。当然，格律并不限于古典诗词，诗人可以凭自己的喜爱选择合乎表达他的强烈感情的诗，但是格律必须遵守。』书中还编入赵朴初、程千帆、施蛰存、方平、杨周翰等人信函八件。如程千帆：『数十年不读大作，感到您的词风变了，豪迈代替了少女时代所特有的明丽清婉。然而更深沉了。』（1980年11月）施蛰存：『尤其可喜的是你的词序，大约足下平生遭遇思想情感都已自白于此篇……今尊作与吴（宓）集后先辉映，不愧吴门女弟子也。』（1982年9月）杨周翰：『把一生经历用妙词记录，这在当代我国文坛上当属罕见。』（1983年8月）

5月，患胆结石症，在北京住院摘除胆囊。

年底，与徐璇四度赴美探亲。

1998年　78岁

3月，在美国检查出患肝癌，已是晚期，自知不久于人世，于4月6日写绝笔诗《病中吟》：『瘦骨支离才一把，身患绝症命难长。魂兮魂兮归何所，直把杭州认故乡。相随吾父慰岑寂，年年月月护桥梁。我有亲人散四方，相思相念实难忘。何如抛骨江中随流水，江河湖泊归大洋。况复君家海宁潮有信，烦君时来报安康。如此安排殊不恶，无怨无悔莫悲伤。』

5月13日，病逝于美国加州圣荷塞市硅谷医院，享年78岁。

12月，于美生前编就的《茅以升科技文献》由福建科技出版社出版。

1999 年

6 月，遵遗嘱，徐璇带领子女将于美骨灰撒于杭州钱塘江大桥下水域。

2003 年

《漱玉撷英——李清照词英译》由中国大百科全书出版社出版。

2010 年 4 月一稿

2011 年 10 月二稿

校记：

［一］本年谱作者徐璇先生是谱主茅于美教授的丈夫，生前为中国人民大学经济系教授；吴令华老师为徐璇教授之表妹，北京市著名作家。年谱曾收录于中国人民大学出版社 2012 年 4 月出版的茅于美教授所著《中西诗歌比较研究》（第二版）一书中。本次编订词集，编辑征得作者家属同意，作为词集的附录，并对原谱略作修订，逐条列出校记。

［二］原谱作『二朝』，今按通行语言习惯改为『两朝』。

［三］原谱无『中』字，为编辑所增补。

[四] 原谱作『庚款』，为表述严谨，改为『庚子赔款奖学金』。

[五] 原谱作『留学美国康奈尔大学等大学，获博士学位』，只列一所大学而用『等』字似有不妥，且茅以升先生在康奈尔大学所获为硕士学位，原谱表述可能会引起读者误会，今为之补齐茅以升先生获取博士学位之母校『卡耐基理工学院』。

[六] 原谱作『庚款』，参见校记[四]。

[七] 原谱作『减兰』，今将词牌名补充完整为『减字木兰花』。

[八] 原谱无『旋』字，其前面为句号，今据文意将两句合为一句，以『旋』字衔接。

[九] 原谱作『考入』，与其后宾语『研究生』搭配不当，本次编订时改为『考取』。

[十] 原谱此处标逗号，至『万古精魂不灭』后标句号，点破之误；吴宓原词押上平四支韵部，『慈』字为韵脚，而『灭』字属入声九屑韵部；今据词律，『雪莱济慈』后修正为句号，『万古精魂不灭』后修正为逗号。

[十一] 原谱无『于』字，为编辑所增补。

[十二] 原谱作『复员南京』，此处『复员』指由战时状态转为和平状态，其后直接加地名不妥，本次编订时增补『迁回』二字以衔接。

［十三］原谱系徐璇教授生前所编订，故此处只标出生年；据吴令华老师2017年8月30日发表于《文汇报》的《『我昔少年日，为乐不知秋』——记董作宾的甲骨文集句诗并怀徐璇茅于美兄嫂》一文可知，徐璇教授已于2017年8月21日仙逝。

［十四］原谱无『从』字，为编辑所增补。

［十五］原谱作『董当场用金文书写诗一首为贺』，吴令华老师于2017年12月将其修订为今貌。吴老师在前述纪念文章中，有如下细节描写：『董先生热情接待了这对来自祖国、故人之甥的年轻人，并取出新书成的一幅甲文集句诗，当场写了上款及日期，朗读了一遍，赠与他们。』由此可知，贺诗本为董作宾先生新书成之集句诗，适逢二人到访，董氏将其取出当场题写上款及日期，以此作为贺礼。吴老师再三修订，可谓严谨。

［十六］原谱作『愁』字，吴令华老师于2017年12月修订为『秋』字。典出李白《过汪氏别业》：『酒酣益爽气，为乐不知秋。』

［十七］原谱作『座』字，吴令华老师于2017年12月修订为『花』字。典出孟浩然《梅道士水亭》末句：『再来迷处所，花下问渔舟。』

［十八］原谱作『空』字，吴令华老师于2017年12月修订为『室』字。典出苏轼《和陶拟古九首》其三首句：『客去室幽幽，鹏鸟来座隅。』

[十九] 原谱作『久为一集』，编辑改为『积久裒为一集』，句意或相对较为完整。

[二十] 原谱作『年』字，《海贝词》中作『去』字，按《卜算子》词律，此处当用平声字，故编辑将其改作『去』字。

[二十一] 原谱作『娅平』，本次编订时改用本名『亚平』。因词集中一般表述为『娅平』，而茅先生家属授权出版时的签名则为『徐亚平』，编辑为此感到困惑，于是向徐亚平老师请教二者之来历区别，据徐老师亲口介绍，她1952年8月出生后，登记的姓名即为『徐亚平』；当年10月，适逢第一届『亚洲及太平洋区域和平会议』在北京召开，许多家庭为新生儿取名为『亚平』以示庆祝并作为纪念；为便于区分，家中长辈遂以谐音称呼她为『娅平』，茅于美先生词中亦习称为『娅平』，但徐亚平老师的户口及身份信息中仍作『亚平』。

[二十二] 原谱作『五篇三万余字等』，编辑改为『等五篇合计三万余字』。

[二十三] 原谱作『河北昌黎』，吴令华老师于2017年12月修订为『河北省昌黎县』。

[二十四] 原谱作『为』字，编辑改作『当』字。

[二十五] 原谱作『1971年』，明显为录入之差错，编辑改为『1972年』。

[二十六] 原谱无『江西余江』四字，为编辑所增补，使之与前文表述一致。

［二十七］原谱作『我』字，吴令华老师于2017年12月修订为『我国』。

［二十八］原谱作『悼亡其妻』，吴令华老师于2017年12月修订为『悼亡』。

［二十九］原谱作『十月』，编辑改为『10月』，使月份表述体例保持一致。

［三十］原谱作『洗炼』，编辑改为现行汉语规范词『洗练』。

［三十一］原谱无『纽约市立大学及』七字，为吴令华老师于2017年12月所增补。

［三十二］原谱作『Swarthmore大学』，因『College』一词一般译为学院而非大学，故本次编订时直接采用英文校名『Swarthmore College』。

［三十三］原谱作『《浣溪沙（次〈李清照《漱玉词》英译稿成感赋〉原韵）》』，吴令华老师于2017年12月修订为『《浣溪沙·次〈李清照漱玉词英译稿成感赋〉原韵》』。

［三十四］原谱作『发表』，据后面1983年间纪事可知，此文由高等师范院校外国文学教学研究会1983年《会刊》摘要发表，则1982年时仅为参加会议期间所提交的论文，当时并未正式发表，故编辑将『发表』改为『提交』。

［三十五］原谱无此二字，为吴令华老师于2017年12月所增补。

［三十六］原谱作『该文指出』，吴令华老师于2017年12月修订为『指出』。

［三十七］原谱无此二字，为吴令华老师于 2017 年 12 月所增补。

［三十八］原谱作『发表《关于中西隐逸诗人的比较研究》的论文』，据上下文可知此篇亦为参加会议期间所提交的论文，至 1984 年始发表于《比较文学论文集》，故编辑将其改为『提交论文《关于中西隐逸诗人的比较研究》』。

［三十九］原谱无『柳鸣九编』四字，为吴令华老师于 2017 年 12 月所增补。

［四十］原谱无『论文』二字，为吴令华老师于 2017 年 12 月所增补。

［四十一］原谱无『论文』二字，编辑据上一则纪事体例增补。

［四十二］原谱无『第』字，编辑据上一则纪事体例增补。

［四十三］原谱中本则纪事未标明月份，置于该年度末尾；编辑核查刊物出版时间后补齐月份，改作该年度第二则纪事。

［四十四］原谱作『收入』，编辑据文意改为『收录』。

［四十五］原谱中本则纪事未标明月份，置于该年度之首；编辑核查图书出版时间后补齐月份，改作该年度最后一则纪事。

［四十六］原谱无『第』字，编辑据上一则纪事体例增补。

［四十七］原谱作『被评为教授』，吴令华老师于2017年12月修订为『职称被评定为教授』。

［四十八］原谱中本则纪事未标明月份，置于该年度末尾；编辑核查刊物出版时间后补齐月份，改作该年度第二则纪事。

［四十九］原谱无『同』字，为吴令华老师于2017年12月所增补。

［五十］原谱无『论文』二字，为吴令华老师于2017年12月所增补。

［五十一］原谱作『该文侧重对比了由于地域、历史、文化传统、宗教信仰、社会观念等的不同，中西田园诗的各自特点』，编辑略作调整。

［五十二］原谱中本则纪事未标明月份，作为该年度第四则；编辑核查图书出版时间后补齐月份，改作该年度最后一则纪事。

［五十三］原谱中遗漏『文』字，为吴令华老师于2017年12月所增补。

［五十四］原谱中无『为』字，为编辑所增补。

［五十五］原谱作『则』字，吴令华老师于2017年12月修订为『就』字。

［五十六］原谱无『一文』二字，为吴令华老师于2017年12月所增补。

［五十七］原谱中无『回忆文章』四字，吴令华老师于2017年12月增补『忆文』二字，因其非通用规范

词，编辑补全为『回忆文章』。

［五十八］原谱无『一文』二字，为吴令华老师于2017年12月所增补。

［五十九］原谱作『洛阳外语学院』，编辑查该校历史沿革，修订为谱主1991年到访该校时的校名『中国人民解放军洛阳外国语学院』。

［六十］原谱无『文章』二字，为编辑所增补。

［六十一］原谱无『一文』二字，为吴令华老师于2017年12月所增补。

［六十二］原谱无『论文』二字，为吴令华老师于2017年12月所增补。

［六十三］原谱无『散文』二字，为吴令华老师于2017年12月所增补。

［六十四］原谱无『文章』二字，为编辑所增补。

［六十五］原谱无『一文』二字，为吴令华老师于2017年12月所增补。

［六十六］原谱中此处有『1993年』，吴令华老师于2017年12月修订时将其删去。

［六十七］原谱无『散文』二字，为吴令华老师于2017年12月所增补。

［六十八］原谱无『论文』二字，为吴令华老师于2017年12月所增补。

后记

在妈妈过世二十周年之际，我们得知：岳麓书社要再版妈妈的词集了！

记得妈妈在病榻的最后日子，看到她盼望已久的第三本词集由海宁市档案馆付梓，甚感鼓舞。爸爸难忘这一幕，发誓在自己有生之年，要帮助妈妈出版她所有未出的书。

爸爸患老年黄斑，视力几乎为零，但他抓住一切可能的机会，不遗余力，不怕碰钉子，耐心等待。二十年间，爸爸为妈妈结集，出版了四本书。

妈妈一生热爱中西文学、诗词、戏曲，是中国人民大学文学院特别勤奋，卓有贡献的教授之一，也是中国当代屈指可数的女词人之一。我们在怀念妈妈的同时，格外感激爸爸，是他的不懈努力，使妈妈的学识、精神得到传承，使妈妈的遗愿得以实现。2017 年 8 月，我们亲爱的爸爸也以 99 岁高龄过世了。

《茅于美词集》真实反映了妈妈对发生在周围事情的感想和心声，

也记录了我们家庭不可避免的与同时代人的共同经历：妈妈自己下工厂，搞四清，上干校，子女上山下乡，上大学，出国留洋，直到四个孙辈相继出世……重温词集——爸爸带我们读鲁迅，妈妈教我们许国璋英语，那情那景又一一浮现在我们眼前。

妈妈走时，四个孙辈从2岁到10岁。妈妈知道自己来日不多，但对自己的一生了无遗憾。她觉得自己家庭幸福，儿女学有所成，孙辈个个健康活泼。如今二十年过去，爸爸欣慰地看到：四个孙儿孙女，个个身心健康，学业、事业积极进取。他们在天上最感欣慰的事情，莫过于此。

我们想念妈妈，感激爸爸。是妈妈秉承了茅家的家风：低调、勤奋、正直、敬业，以身作则为我们树立了做人的榜样。再读词集，让我们更加想念妈妈，妈妈那亲切的身影，那对事业进取追求的精神，直至生命的最后一刻都不曾放弃她对词学、事业、家庭、学生、丈夫、子孙，那拳拳的爱。希望词集的出版，能为社会和文学教育界，注入涓涓细流般的正能量。

感激岳麓书社，在妈妈过世二十周年之际决定出版这本书，感谢敬业的编辑老师为本书所做的努力。一切一切让我们感知：天上有爸爸妈妈的护佑，地下有我们坚实的土地和脚印。

徐依协　徐亚平　徐安泰

2017年5月6日

图书在版编目(CIP)数据

茅于美词集/茅于美著. —长沙:岳麓书社,2020.9

ISBN 978-7-5538-1048-5

Ⅰ.①茅… Ⅱ.①茅… Ⅲ.①诗词—作品集—中国—当代
Ⅳ.①I227

中国版本图书馆 CIP 数据核字(2018)第 280801 号

MAO YUMEI CIJI

茅于美词集

作　　者:茅于美

责任编辑:王文西

责任校对:舒　舍

封面设计:风格八号

岳麓书社出版发行

地址:湖南省长沙市爱民路 47 号

直销电话:0731-88804152　0731-88885616

邮编:410006

版次:2020 年 9 月第 1 版

印次:2020 年 9 月第 1 次印刷

开本:640mm×960mm　1/16

印张:44.75

字数:480 千字

ISBN 978-7-5538-1048-5

定价:78.00 元

承印:湖南省众鑫印务有限公司

如有印装质量问题,请与本社印务部联系

电话:0731-88884129